溶ける街 透ける路

tawada yōko

多和田葉子

講談社文芸文庫

目次

溶ける街　透ける路

一月
Január
Januar

ブダペスト　Budapest

ブダペストに行くのは久しぶりだったが、こんなにも雰囲気がウィーンと似ていたかとあらためて驚いた。七〇年代八〇年代と、わたしは頭の中に東欧と西欧という壁を建てて、ヨーロッパを二分して見ていたが、ブダペストはモスクワではなく、ウィーンと似ているのだ。それが今になってより顕著に現れたのは、ブダペストがソ連の影響を感じさせる要素を神経質に取り除き、キリスト教の色濃いブルジョア文化を前面に出して町を修復したせいでもあるだろう。

しかし、だからと言って、ハンガリーは冷戦時代の歴史をそっくりゴミ箱に捨ててしまったわけではなく、ユーモアと自分自身への皮肉とやさしさをこめた独特のやり方で保存していることが分かった。その日、ハンガリー在住五年でわたしの学生時代の友人Tが、面白いところに行こう、と言って連れていってくれたのがソボー公園だった。市内から車で三十分くらい走ったところにあるこの公園には、共産党時代に町の中に建っていたレーニン像、旗を掲げた労働者の像などを集めて野外に展示している。振り返ると言うにはあまりにも近すぎる一つの時代を闇に葬ってしまうのではなく、風通しのよいところに置いて、みんなで眺め、考えることができるようになっている。

夕方、画家のMさんと学校の先生をしているKさんといっしょに町を散歩した。大聖堂の前を通りがかると、大勢の人たちが中に吸い込まれていくように入って行く。つられて中に入ると、聖堂内は祈る人たちの熱気に溢れていた。啓蒙主義、アバンギャルド、社会主義など、これまでいろいろなアイデアがあったのに、結局キリスト教ひとつに戻っていってしまうのかと思うと寂しい気がして、そう言ってみると、Kさんが、「そうなんだ。僕の教え子にも、自分にとって一番大切なのは家族、次は神、なんて言う子がたくさんいて驚かされる。時代は逆流していくんだろうか。」と答えた。

翌日、小説家のLさんと待ち合わせ、ペトフィ文学博物館に連れていってもらった。ここでは、朗読会、文学関係の展覧会、資料保存などが行なわれているそうで、騒がしい町中にありながら敷地に入ったとたんに気持ちが落ち着く。それは「癒される」というような受け身な静けさではなく、「日常の喧噪など忘れて分厚い本でも書け」という励ましを感じさせるしたたかな静けさである。

ででかけていった。この劇場は五〇年代に政治風刺のカバレット劇場として誕生したそうで、小さいが大変雰囲気のある劇場である。すべてテーブル席で、舞台の下手付近にはバーがあり、昔の映画から出てきそうなウエイターが客席まで飲み物の注文をききにくる。

この劇場で毎月一回「作者の闘技場」と呼ばれる催しが行なわれることになった。スポンサーはベンツと同じくこの町に本社を置くボッシュから生まれたボッシュ基金である。「闘技場」というからには、作家が古代ローマの闘士のように半裸で円形劇場でライオンと戦って観客の拍手喝采を浴びる（または食われる）のか、と覚悟して行った。「作者の闘技場」は、できあがった芝居を見せるのではなく、読み合わせの段階を披露し、そのあと作家と演出家が対談し、観客もそれに加わり、質問したり意見を述べたりするという催し物だった。観客は出来上がった商品を消費するのではなく、新しいものが作られていく過程に参加し、舞台裏を覗く。

「読み合わせ段階の芝居」というのがわたしには見ていて非常に面白かった。舞台は本物の落ち葉に覆われ、そこに机が置いてあるだけ。稽古を五日前に始めたばかりの俳優たちはせりふをまだ覚えていないのでテキストが手から離せない。そのため身体の動きを制約されるが、その制約をまるで遊びの約束事のように扱い、リアリズムを離れ、ぎりぎり可能な動きを考え出していく。真っ白なワンピースを着た女優がテキストを手に持ったまま、机の上に横たわったかと思うと、上半身を客席に向かってゆっくり反りかえしていく。長い金髪が床に垂れて、逆さまになった顔が見える。女優は読み続ける。転落しないようにどうにかバランスをとりながら。

この「芝居」が第一部で、しばらく休憩があって、みんながワインなどを注文し、第二部、対談と質疑応答に入った。観客の中から、俳優の表情が面白かった、という感想が出た。いつも見慣れている「演技している」俳優の顔ではなく、テキストを読んで考えている顔が新鮮だった、と言う。

催しが終わってから、劇場の隣の「カリスマ」という空恐しい名前のレストランで演出家や俳優たちとバルカン料理を食べた。翌日、シュトットガルトの中央駅から列車に乗る時、せっかくシュヴァーベン地方に来たのに、マウルタッシェを食べ忘れたことに気がついた。それから、前回も同じことを駅の構内で考えたことを思い出し苦笑した。マウルタッシェはドイツ風ラビオリ（あるいはペルメニ）で、ワンタンスープそっくりのスープに入ったものもあるし、挽肉の多量に入った太いロールもある。わたしは特にこの料理が好きなわけではないが、「マウルタッシェ」という言葉の響きがたまらなく好きなので、食べ損ねると損をしたような気になってしまう。

ケルン　Köln

列車に乗ってケルン駅に着く時、他の鉄道駅では体験できない興奮が待っている。ふいに地を割って現れるライン川の川幅に驚かされ、列車が鉄橋を渡って向こう岸の駅に着く寸前、ボディガードのように駅に身を寄せて聳え建つ巨大な大聖堂が現れる。現代的な特急が、場違いな神話に迎え入れられる感じである。着工一二四八年、完成一八八〇年。ドームと呼ばれるこの大聖堂、これだけ観光名所として有名になっているのだから絵葉書の中に小さくおさまっておとなしく色褪せてくれるかと思うのに、何度見ても驚かされる。

ドームの威圧的な雰囲気には、「ゲルマン」という単語と同じく、ドイツ人自身にさえ敬遠される危険なものが含まれている。わたしがこのドームが好きだと言うと、みんな意外そうな顔をする。どうやらわたしには似合わない建物と思われてしまうらしい。

ライン川あたりに住んでいる人たちは北ドイツの人たちとは違って明るい性格だということになっている。一年を通じて他の地方より天気も良く、気温も高い。そんな明るい町の中央駅のすぐ隣に、暗い化け物のようなドームが建っているのは不釣り合いではないのか。化け物と言ってもキングコングのような都会的なものではない。もしもドイツの森が稲妻に誘われて恐ろしい勢いで天にむかって身体をうねり上がらせたら、こんな形の建築物ができるのではないか。キリスト教と言うよりは、森林信仰を思わせる。わたしの眼には、シュールリアリズムの作品のように見えることもある。その場合、作品のタイトルは「森の叫びと狼の悩み」とつけたい。

　ドームはドイツのゴシック建築の代表とされる。ゴシック建築はもとはフランスのもので、だから、かつてはゴシックとは言わず、フランス建築と呼んでいたらしい。それが、建ててみると、フランスには存在しないような、とんでもない化け物が生まれた。

　このドームの裏手に西ドイツ放送（ＷＤＲ）の建物がある。ラジオ、テレビともに文化番組に力を入れている放送局で、公営の地方放送だが、ケーブルや衛星を通して、全国に視聴者を持つ。その日、わたしはラジオ向けの短いインタビューでそこのスタジオに呼ばれて行った。朝の生放送番組だったので、眠い眼をこすりながらケルンの駅を降りた。たまたま仕事でエッセンの大学に滞在していた週だったのでケルンは遠くはなかったが、朝八時というのは低血圧のわたしにとってはやはり早い。Kさんの案内で中に入ると、最近建物の内部を新しくしたそうで、洒落たバーの一角のようなコーヒーコーナーもあり、そこで打ち合わせをしている人たちの顔も、廊下で交わされる「おはよう」の挨拶も清々しい。朝というのはなかなかいいものだ、とわたしらしくないことを思う。

ガラス窓を通して廊下から中のようすが覗けるようになっているスタジオもある。Kさんに、「ほら、あれはポップ音楽系の番組の」と言われて指差されたスタジオを覗き込むと、鳥の巣のような髪の毛にヘッドフォンをのせた若いアナウンサーがスタンドマイクに向かって一生懸命しゃべっている。声は廊下からは聞こえない。ラジオだから聴衆には彼の姿は見えないはずだが、少し前屈みになって、マイクの中に息を、言葉を、気持ちを、すべて吹き込むように身体全部でしゃべっている。しゃべるリズムに合わせて、無意識に足を踏みかえ、腰や肩を動かし、手を握りしめたり開いたりして、一生懸命声を出している。ラジオの向こう側にもこんな生きた身体があって声を発しているんだ、とそんな当たり前のことに気がついて、わたしは心を動かされた。それ以来、ラジオを聞いていると、声の持ち主の手足が浮かんでくるようになった。それもケルン訪問のおかげである。

フランクフルト Frankfurt am Main

わたしにとってフランクフルトは、月面に作られた都市というような現実離れしたイメージがある。それは、わたしがフランクフルトに行くといつもブックフェア会場や国際飛行場など、人工的な空間しか訪れないせいだろう。

フランクフルトで行われる秋のブックフェアにはこれまで二十回ほど行った。世界一大規模な書籍市で、ドイツの出版社はこのフェアに向けて新刊を出すことが多い。一般人が本を買うことはできないが、新刊を注文しに本屋が集まってくる。また、百か国以上の出版社がブースを出し、版権の売り買いをする。朗読会、座談会、インタビューなども多数行われる。

ブックフェアの思い出は山ほどあるがそのうち二つだけ、忘れられない思い出がある。

一つは二十年ほど前、ドイツの書籍取り引き会社に勤めていた頃のこと。わたしはブースに一日中待機して、受付の仕事をしていた。目の前に医学専門書ばかり出している出版社のブースがあり、本を並べているだけでなく、ビデオの実演をしていた。何気なく見ると、内臓手術を撮影した医学生向けの学習ビデオだった。切り開かれる柔らかいお腹の皮膚や赤く濡れた内臓。ホラー映画のように怖がらせようという意図が全くないだけかえって不気味だ。ビデオレコーダーはかなり高い位置に設置してあったので、前を通る人もほとんどビデオには気がつかないようだったし、気がついても誰も立ち止まらなかった。ところが一人、ふっと上を見上げて、そのままその場に釘付けになってしまった人がいた。ビニール袋をさげサンダルを履いた痩せた男性だった。全身が硬直したようになって、不自然にねじあげられた顎もそのまま動かない。しばらくすると、身体中の骨が次々溶けていくようにその場に倒れた。わたしは、あっと声をあげた。人が集まってきて人垣ができた。救急車を呼ばなければ、という声も聞こえた。そのうち本人は意識をとりもどしたのだろう。人に支えられて、ふらふらと立ち上がるのが見えた。

もう一つの事件は、わたしがドイツで本を出し始めた頃のことで、インタビューの約束などがいくつかあったため、忙しく会場を走り回っていた。ブックフェアの会場はとても広い。十ほどある大きな建物の各階にブースが何列も連なって並んでいる。時計を見ながら人をかきわけて進むわたしは、五号館から六号館へ行くには裏口から一度外に出た方が速いと判断し、新鮮な空気を吸ってほっとしたのも束の間、ふと見ると地面に変なものが落ちている。財布のようでもあるが、妙になまなましい。「そんなものは無視して先を急げ」と理性は囁くが、脚はもう動かない。しゃがんで見ると鳥のヒナだった。木から落ちたのかと思って上を見上げるが、まわりに木はない。長々と考えている暇はないので、鳥をすくい上げ（当時は鳥インフルエンザも流行っていなかった）、両手で包み持ったまま約束の場所へ走った。

インタビューの最中、手の中で鳥がもぞもぞと動きだした。「何持ってるんですか」と訊かれて、「鳥です」と答えた。ドイツ語には「鳥を持っている」という慣用句があり、「ちょっとおかしい」という意味だ。わたしはこの日、文字どおり鳥を持っていたのだった。

用事がすべて終わると会場を出てあてもなく町を歩いた。目の前にふいに木のうっそうと茂った公園が現れた。驚いてあたりを見回すと、わたしはそれまで知らなかった緑の町フランクフルトに囲まれていることに気がついた。ずっと手の中にいたせいか鳥は身体が暖かくなっている。手を開けて見ると、鳥と目が合った。風が吹いて、頭上で枝がざわざわと鳴った。その時、鳥はぶるっと身震いして、細い爪で強くわたしの手を蹴り、飛び立っていった。なんだ、飛べたんだ。わたしはだまされたような気持ちで、飛んでいく鳥の後ろ姿を見送っていた。

二月

Februar

Février

グラーツ　Graz

十五年以上も前、初めてオーストリアのグラーツを訪れた時、通りに並ぶ建物の桃色や黄緑色の外壁があまりにもおいしそうなので「クリームケーキみたい」と言うと、オーストリア人のCさんは「そう言われると傷つくんだけれど」と不満げだった。どこから見てもケーキには見えない東京で生まれ育ったわたしにとっては、ケーキのような町と言うのはかなりの褒め言葉のつもりだった。

ケーキではなく、舞台の書き割りのようだと言う人も多い。実際、グラーツを散歩していると、オペラの舞台に迷い込んだような錯覚に時々見舞われる。

わたしがこの町に頻繁に行くことができたのは、「シュタイエルマルクの秋」のおかげだった。これは毎年開かれる実験的な音楽、美術、絵画の総合芸術祭で、各国から人が集まってくる。クラシック音楽や古典美術に触れたいならウィーンやザルツブルクもいいが、まだ評価の定まらない最先端の芸術を自分の眼で見て新しい発見をしてみたいという人にはグラーツが楽しい。

去年の秋、作曲家ペーター・アブリンガーのオペラの発表があった。新作オペラと聞けば、劇作家が新しく書いた脚本を現代作曲家が作曲するのだろうと思う人が多いだろう。全くそうではなかった。アブリンガーはグラーツで何年もかけて町の雑音を録音した。酒場、喫茶店、路面電車の停車場、作業場、公園、橋の上、サッカー競技場などで聞こえている声や音を録音し、四百本以上ものテープを作った。そしてその雑音を織り込んだオーケストラ曲を作曲した。オペラ曲なのに歌のパートはない。なぜなら「町のオペラ」の歌い手はオペラ歌手ではなく、町そのものだからである。

それでもリブレットは存在する。作者はこのわたしである。それは歌われるためのリブレットではなく、みんながそれぞれ手にとって静かに読むことができる本というかたちで、町の各所に置かれた。芝居を見るのは好きでも一人静かに戯曲を読むのはもっと好きという臍曲《へそま》がりのわたしにふさわしい仕事だった。

わたしはまず録音テープを聞いて、それを言語に翻訳していく作業から始めた。聞こえてくる音を全部できるだけくわしく言葉にしていくと、一秒間に聞こえてくる音を書き記すのに何行も使ってしまうことが分かり驚いた。音を聞いただけでは分からないことの多さ、音を聞いただけで分かることの多さにも驚かされた。

このプロジェクトは、町中でのインスタレーション、オペラ座でのパフォーマンス、エドガー・ホーネットシュレーガーによる映画なども含む総合的な企画だった。わたしにとってはもともと舞台装置のようだったグラーツの町が本当に舞台装置に変貌した。

どうしてこんな辺境の町で前衛的な芸術祭が行われるのかと不思議に思う人もいるかもしれないが、グラーツが三国国境の町であることを忘れてはならない。

ユーゴスラビアが崩壊してしばらくして、スロベニアの詩人たちと車でグラーツの郊外に出て、晩夏の林の中を散歩したことがあった。林の向こうには葡萄畑が広がっている。「国境はあの辺かなあ」とRさんが急に言うのでわたしは驚いて顔を挙げたが、目の前には葡萄畑が広がっているだけだった。「どこ?」「あの辺。あの葡萄畑の中のどこか。」冷戦時代から国境はワインの中に溶け込んでいて見えなかったと聞いて驚いた。

ハンガリー国境も近い。地中海の香りのすることもある。天気のいい日に町を散歩しながら靴屋のショーウインドウをひやかして歩けば、イタリアにいるような気分になってくる。

国境の町というのは、異文化と肌を接しているので、のんびりしているように見えても決して居眠りはしないということなのかもしれない。

クックスハーフェン　Cuxhaven

ハンブルグは北海に面した海辺の町だと思っている人が意外に多い。ハンブルグを流れるエルベ川は川幅が広く、豪華客船やコンテナを積み上げた外国船などもハンブルグ港まで入ってくるので、そういう印象を与えるのだろう。実際は海までまだ百キロもある。エルベ川が北海に注ぎ込む河口の町は、クックスハーフェンである。

クックスハーフェンにはシュトイベンホフトという長い歴史を持つ船着き場がある。ここからかつてたくさんの人たちがアメリカ大陸に渡って行ったが、今は忘れられた港になっている。

シュトイベンホフトを撮影したいという映画監督のKさんに誘われて、車でクックスハーフェンに向かった。一度行ってみたいと思っていた。車の嫌いなわたしは、本当はハンブルグ港から出ている高速船に乗って行きたかったが、夜十一時から面白い野外劇が砂浜で上演されるそうだからぜひそれを見てから帰ろうとKさんが言う。その時間にはもう帰りの船はないので結局、車で行くことになった。

港に着くと、古い倉庫の裏通りには春らしい日がさしていて、散歩者にアイスクリームなど売る店も出ているのだが、なんとなく寂しい雰囲気が漂っている。昔船を待つ人たちがすわっていたカフェテリアも残っている。その奥で雑草に囲まれ、横にどこまでも伸びた煉瓦造りの建物がかつての税関だったらしい。もう使われていないので扉はすべて鍵がかかっていたが、窓から中を覗き込むと、荷物をのせる長いカウンターが見えた。大きなアルファベットの札が、そこに並んで荷物を出して出航した無数のひとたちの名字を思わせる。Aの列にはアーレントさん、Bにはブラントさんが並んでいたのだろう。

第二次大戦が終わり、国の将来を悲観してこの港からアメリカに渡っていったドイツ人はかなりの数にのぼったようだ。当時のアメリカの新聞に「ドイツ人女性、結婚相手求む。金髪で勤勉」などという広告を出した女性もいたと言う話をKさんがしてくれた。ドイツは今は移民を受け入れたり拒んだりする側だが、逆の立場も体験しているところは日本と同じだ。

「税関」というとあまりロマンチックに聞こえないかもしれないが、使われなくなった税関の建物には風情がある。税関はいつの時代も、人間の悲しみや期待や不安が多量に放出される場所である。そんな税関に人間たちがいなくなってしまった後、感情の余韻だけが宙に残るのかもしれない。

税関と港の見学を終えてから、海辺で北海のヒラメを食べた。六月だったので、夜の十時でもまだ明るい。さてこれから芝居を見ようと言うことになって行ってみると、砂浜に階段状に客席が百席作ってあった。海に向かって最前席に座る。六月でも北海の水は指を入れれば切れそうなほど冷たい。正面から吹きつけてくる風に震えながら、持って来た冬のコートを着、ブーツを履いて席に着いた。

遠浅の濡れた砂が二、三キロ向こうまで続いていた。潮の一番引いた時には、そこを馬車や徒歩で向こうの島まで渡ることもできる。ところどころに溜まった海水と濡れた砂が、低い位置から夕日に照らされて青っぽく光っている。

北海での幼年時代のエピソードがオムニバス形式で語られる劇だった。俳優たちは、薄いシャツ一枚に短めのズボンに裸足という薄着だった。わたしたちは厚着だったが、それでも一刻ごとに身体が冷えていくのが分る。しかも俳優の一人は、海水の溜まっているところに倒れるシーンが初めの方にあり、そのあとずっと濡れた服で演技していたので、それを見ていると、ますます寒くなってきた。「海の水なら濡れても風邪は引かない」ということわざが劇のセリフに出てきた時には観客の中から静かな笑い声と「本当かなあ」というささやき声が聞こえてきた。

トゥール　Tours

赤い煉瓦の建物の多いドイツから列車で入ると、フランスの町は冷たい石でできているという印象が強い。統一感のある陰った白い建物が訪問者を突き放すように並んでいて、その白はイタリアのように洗濯物や植物に色づけられることもなく、アジアやアメリカの町のようにネオンや看板に飾られることもない。

トゥールはパリから特急で一時間ほど南西にくだったところにある町で、この町の大学で文学を教えているBさんが「フランスのルネッサンスの代表的な町だよ」と言うので、勝手にボッティチェリの『春』のような雰囲気の町を想像して行ってみたら、建物も路地も石で固められていた。一ケ月の滞在のために借りた部屋は窓が小さく、天井が低く、圧迫感のある黒い太い梁が天井に何本も渡してあった。しかももう春も近いというのに例外的に寒く、雪までちらついていて、北国のようなしっかりした暖房もないので、触ると部屋の壁が冷たかった。

さっきから冷たい、冷たいと書いているが、それは建物の石の感触が冷たく感じられるだけであって、決して人間が冷たいのではない。旧市街の中心に屋内市場があった。これまで見たこともないようなおいしそうなチーズが並んでいて、わたしのような者がつたないフランス語で何か訊いても、こちらの言いたいことが解るまで、楽しみながら付き合ってくれる。それはコピー屋に入っても、パン屋に入っても同じである。同じレストランに二度目に入れば、「あ、また来ましたね」と喜んでくれる。パリでは、店の人がこんなに人なつこかった記憶はないので、町に出るのが楽しかった。

フランス語のほとんどできないわたしは、仕事の合間に語学学校にも通った。わたしは、フランス人の語学教師は、文法を聖典のように崇めていて、文法について話している時には決して冗談など交えず、細かいまちがいにもとても厳しいという偏見をずっと持っていたが、この偏見もトゥールに来てすぐ消えてしまった。生徒がいっしょうけんめい何か言おうとすれば、少しくらい（と言うか、ひどく）まちがっていても嬉しそうに頷きながら聞いている。それどころか、生徒が文法的なまちがいを犯し、それがたまたま面白いと、いかにも楽しそうに笑っている。わたしも存在しない形容詞を作って、笑われてしまった。決して軽蔑して笑っているのではなく、正解はやさしく丁寧に教えてくれる。

だいたい、フランス人はこうでドイツ人はこうだという国民性の違いを強調して考え過ぎるのはわたしたちの悪い癖で、ヨーロッパ人としての共通性の大きさと、個人差の大きさを考慮すれば、国民性などというのは小さなものだ。もしドイツ人とフランス人の間に違いがあるとしたら、それは何より歴史体験が違っているからであって、生まれつき性格が違っているわけではない。

ある日、その語学学校の会話練習で、クラスの生徒の一人であるアメリカ人が「僕は先月、東ヨーロッパに行ってきました」と言った。フランス人教師が「東ヨーロッパのどこですか?」と訊くと、生徒が「モスクワです」と答えた。すると教師は「モスクワはヨーロッパではありません。東ヨーロッパというのは、プラハやブダペストのことです」と正した。そのアメリカ人は「あ、そうですか」と一応納得したようだったが、わたしは少し驚いた。ドイツでは、プラハやブダペストのことを「東ヨーロッパ」と言うと「東ヨーロッパではなくて中央ヨーロッパでしょ」と言い直される。東ヨーロッパの代表がモスクワであるはずだった。

どうやら東や西というような境界線はどこかにはっきり引かれているのではなく、人が移動するといっしょにずれて動いていくらしい。わたしの中で世界地図がぶれて、また一枚層を増した。

ロイカーバート　Leukerbad

スイスのヴァリス地方の山の中にロイカーバートという名前の小さな温泉町がある。そこで昔、本屋をしていた女性がいた。その人の息子のRさんは、初めは母親の店を手伝っていたが、そのうちチューリッヒに出て自分の店を出した。小さな出版社も兼ねた本屋で、本の好きな人たちに愛される店になった。

Rさんはやがて、自分の生まれた温泉町ロイカーバートで国際文学祭を開きたいという夢を持ち、町に呼びかけ、フェスティバルを開催してみたところ反響がたいへん良く、毎年続けることになった。

わたしも招かれ行ってみると、ベテランから新人まで、ヨーロッパ文化圏だけでなく、イスラム文化圏やアメリカからも作家たちが来ていた。

ここの文学祭は朗読会の行われる場所が変わっていて、むかし屋内プールだったところ、駅だったところ、映画館の中、どんなところにでも椅子を並べて会場にしてしまう。温泉も会場になる。温泉と言ってもヨーロッパの温泉なので、水温は温水プール程度で低く、みんな水着を着て入る。観客が水着を着て、寝椅子に座ったり、温泉につかったりしながら、海水パンツ姿の作家の朗読を聞いた。もちろん普通の作家は運動不足でとても水着姿など人には見せられないが、温泉で朗読したJさんは、水についての小説を書いただけあって、毎日泳ぎに通っているそうで、海水パンツ姿がよく似合っていた。

それから二年後、またロイカーバートに行くことになった。夜チューリッヒに着く飛行機に乗ればRさんの奥さんのIさんが飛行場に車で迎えに来てくれて、三時間も走ればロイカーバートに着くからと言われて家を出た。

飛行機は一時間遅れた。大した遅れではないが、そのためにカンデルシュテクのトンネルに深夜までに着くことができなかった。このトンネルは鉄道専用にできていて、車はカートレインに乗せて通るしかない。その列車が深夜までしか走っていない。

このトンネルさえ通ればすぐ目的地に着くのに、通れないとなると、山々の外側を大回りして向こう側に出るしかない。「四時間も走れば着くと思います。慣れてますから安心して寝ていてください。」ハンドルを握るIさんはスイス生まれのスイス育ち。わたしは安心してうとうとし始めたが、急に喉が渇いてきた。それから一時間走っても、暗い山道には飲み物の自動販売機もガソリンスタンドもない。「車の中に一本くらい飲み物の瓶がころがっていないかしら」とすまなそうにIさんが言うので、身体をひねって車の中を探すと、コーラのペットボトルが一本あった。ほとんど空だが、三口分くらいは入っている。コーラなど普段は軽蔑しているわたしだが、この時は夢中で飲んだ。それを異様に美味しく感じたのはすでに車に酔い始めていたせいかもしれない。空腹で喉は渇き、道は右へ左へ、一時もまっすぐには進まない。大人になってからは車に酔わなくなったはずなのに、この日以来、また車に酔うようになった。「そのうち真っすぐな道に出ますから。」ぐったりして半睡状態に入ったが、時々カーブで身体が外側に投げ出され目が覚める。いつになったら真っすぐな道に出るのだろうと思いながら寝ていた。途中、雨の音を聞いたような気もした。

まぶしさに目が覚めて、あわてて身体を起こす。車は美しいガラス張りの建物の前に止まっていた。「ロイカーバートに着きましたよ。あれから雨が降り出して、それから山のカエルが何百匹も道に出てきたんですよ。ずっと雨が降っていなかったから。轢き潰すのは可愛そうだから除けて走ったつもりだけれど。そのせいでもっと揺れがひどかったでしょう。すみません。道がカエルでいっぱいだったんですよ。」と言うIさんの顔は少し青ざめていたが、目と唇は笑っていた。

三月

Marzo

March

März

カネット　Canet de Mar

スペインのカネットに行くことになったのは、そこが活動拠点の一つであった劇団らせん舘がシンポジウムを主催してわたしを招待してくれたおかげだった。カネットは、バルセロナから郊外電車で一時間くらい行ったところにある。地中海に面した町と言うと、観光客を収容するためのコンクリートのビルが建ち並び、砂浜には甲羅干し客がぎっしりというイメージが強いが、カネットは幸いにしてまだ観光化は進んでいない。

地中海の水面は穏やかにゆらめいて、海岸線に沿って植えられた椰子の木が街灯に照らし出され、日が暮れかけると舞台装置のようにも見える。海岸線から町の中心にむかって伸びる坂道がある。大雨の時にその道に大水が出て、老人が流されたこともあったそうだが、今は舗装され、水はけが良くなっている。春から秋まで、レストランやカフェテリアが歩道一杯にテーブルを並べ、昼頃から夜中まで人が絶えない。通りがかりの人たちがカフェにすわっている人に挨拶し、話し始めて、そのまま座り込んでしまうことも多い。通り全体が一つの大きな居間のようだ。

その夜、わたしたちはそんなレストランの一つにすわって、いかのフライをつまんでいた。見るともなく見ていると、レストランの脇にある階段出口のところで、女性と男性が顔を合わせて話を始めた。もともとスペイン人の話し声は力がこもっていて大きいが、この二人の声は特に大きかった。スペイン語の分からないわたしには何を言っているのかは分からないが、語調がどんどん劇的になっていくのは分かる。女性の声は、ひしひしと非難しながら相手を追いつめ、男の方は言い訳をしながらも決して怯まず、自分が悪いことをしたのではなく、状況が不利だったために誤解が生じただけだというような自信を感じさせる。わたしたちだけでなく、まわりのテーブルの他の客たちもいつの間にか、男女の言い争いに耳を奪われ、自分たちの会話を忘れて黙りがちになっていった。女はモップを片手に持ったままで、それを脇に立てかけようともしなかった。もう一方の手は腰に当てていた。男は小さな段ボールの箱を下に下ろそうとしないで、そのまま喧嘩を続けていた。二人とも手を拘束されているので、身ぶりはなかった。

わたしは前の週にドイツの雑誌に出ていた記事を思い出した。ある社会言語学者の調査によると、スペイン人が話す時に身ぶりが多いというのは嘘で、ドイツ人も同じくらい身ぶり語をよく使うが、スペイン人は動かす位置が高いので外部者には目立つだけだそうだ。

もう終わるだろう、と思いながら聞いていたが、三十分たっても口争いは終わらない。しかも、じわじわと密度を増していく緊張感。どなったり殴ったりというところに決して至らないまま、口争いの範囲で、これ以上エスカレートするということが演劇的に可能だとは思えなかったが、驚いたことにそれが可能なのだった。しかも、言葉の数の多いこと。特に女性の口から溢れ出てくる（多分、非難の）語彙は辞書を読み上げているのではないかと思えるほど豊かで、男の方も決して口数は少なくない。口争いは一時間たってもまだ終わらなかった。喧嘩言語文化の貧しい国なら、交わす言葉もほとんどないままにすぐにナイフを出して相手を刺してしまうだろう。言葉は喧嘩をエスカレートさせさせながらも、怒りを燃料にして燃えているので、いつかは終わるはずなのだが、その燃料の豊かなこと。レストランの客はもうみんな無言で二人の喧嘩に聞き入っていた。それから更にどのくらい時間がたったか分らないが、わたしたちはやっと勘定を済ませて、腰をあげた。二人は翌日の朝までも言葉を溢れさせ続けていたかもしれない。

トゥーソン　Tucson

砂漠と聞くとわたしなどはすぐに映画に出てくるような中近東の砂漠を思い浮かべる。何も生えていない砂の表面に風が抽象的な模様を残していく砂漠だ。米アリゾナ州のトゥーソンへ行くことになって、砂漠の中の町だと聞いて、サウジアラビアのようなところかと思ってでかけていった。ところが、着いてみると冬だというのに地表は緑に覆われている。サボテンは冬でも緑のままなので、砂漠に住めばむしろ一年中、緑が楽しめるということになる。

迎えに来てくれたMさんの家の庭にも何種類かのサボテンが生えていた。もう三か月も雨が降っていないという。サボテンは厚い肉の中に三か月前の雨をまだしっかり抱えているのだろうか。

翌朝、住宅街を散歩してみた。車は多いが、人影はない。店やレストランなどはショッピング・モールに集中しているそうで住宅街にはない。モールは長さが何キロもあり、冷房も効いているので、夏にはモールの中を散歩している人も少なくないと言う。「初めのうちは地の果てにでも来たように思えても、ここに住みはじめれば砂漠があなたを覆ってくれるから平気」と同僚に言われたとMさんは苦笑しながら言う。

庭には瓜のおばけのようなサボテン、小さな黄色いぬいぐるみがたくさん集まったテディベアという名前のサボテンなどいろいろあったが、わたしが気に入ったのは、「とげとげ梨」という名前のお皿状のサボテンだった。とげの生えた花が一つ落ちていたので手に取ってみた。Mさんの二歳になる息子のL君は何でも触りたがるのに、この時だけは離れたところで眉をひそめてわたしを見ていた。

その理由は後になって分かった。しばらくして肌に痛みを感じて、見ると、黄色い長さ五ミリくらいのとげが手の甲から手首にかけて二、三十本刺さっている。ピンセットを借りて抜いたが、少ししてまた痛みを感じ、見るとブラウスの袖にもとげがたくさん刺さっている。しかも、ブラウスが肌に触れると、細いとげはすうっとブラウスから肌に移動するのだった。

とげを抜ききらないうちに大学の人が迎えに来てしまった。アリゾナ大学でわたしの本の英訳を読んでいるクラスがあるので一度授業に出てほしいと頼まれていたのだ。大学に着いて、とげのことを話すと、事務所の人たちはピンセットを出してきて二、三人で手分けして抜いてくれた。わたしは蚤取りをしてもらっている猿の姿を思い浮かべていた。

Mさんは、アリゾナ大学に勤める前にはニューヨークで働いていた。ここに採用試験を受けに来た時には、自分が砂漠の中で暮らせるか不安だった。そんなMさんを励ますために大学の同僚が「平気よ、そのうち砂漠があなたの肌にも広がっていくから」と言ったそうだ。これは励ましのつもりだったのだろうが、Mさんは不気味に感じた。

砂漠に越してきて、そのまま住み着いてしまう人はたくさんいる。この辺は家も安く、ゴルフ場など設備が整っているので、退職してから越して来る人も多いらしい。もちろん何年暮らしても都会に戻りたいと思う人もいる。Mさんも自分かその夫がもし都会の大学で仕事を見つけることができたら引っ越したいと思っているそうだ。砂漠の砂はいつまでも異物のままだ。

それから三日ほどして、手首が痛いのでふと見ると、サボテンのとげが数本肌から突き出ていた。しかも、とげの突き出している部分の肌が小さなかさぶたのようになって少し腫れている。いよいよ砂漠が肌にまで広がりサボテンが生えてきたのかと驚いてあわてて人に見せると、「それはとげを抜く時に肌の下に残ってしまった部分が吐き出されて出てきているだけでしょう」と言われて、ほっとした。どこの土地にもすぐに馴染んでしまうわたしだが、その度に、その土地の植物が肌から生えてくるのではかなわない。

シアトル Seattle

「ああ、きれいだなあ、僕はやっぱり高層ビルが好きだ。アメリカ人だってことかなあ」と言いながらKさんは、レンタカーを運転しながら、遠方に見え始めた高層ビルに目をやった。霧雨に包まれてぼんやり浮かび上がるシアトルの摩天楼は、すっきり背が高い。国際交流基金で働くKさんはこの日はわたしを飛行場で出迎えるために、わざわざシアトルまで来てくれたのだが、この町がとても気に入っているようだった。わたしもすぐにこの町が気に入ってしまった。ダウンタウンに着くと、噂に聞いていた通り、どの角にもコーヒー屋がある。昔は、アメリカの他の町ではシアトルほど美味しいコーヒーは飲めなかったらしい。

わたしは喫茶店と本屋の多い町を散歩するのが好きだ。アメリカの場合、本屋の中にコーヒーコーナーがある場合も多い。シアトルの本屋の中で特に気に入ったのは、エリオット・ベイ書店。赤い煉瓦の壁に沿って木の本棚が並び、背表紙にはその本を読んだ書店員の感想を書いたメモがたくさん貼付けてある。地下が喫茶店になっていて、コーヒーを飲みながら本棚から本を出して読んでいる人たちがいる。日本やドイツの本屋には頑固者や変わり者が多いので、わたしはいつも本屋に入ると叱られるかもしれないと心の準備をしているが、ここでは何をしても叱られそうにない。

この本屋は夜は十時まで開いている。レジの側に置いてあった今月のプログラムを見ると、夕方から毎日のように作家のトークや朗読会をやっている。幸いにしてわたしの朗読会もここで行われ、自分の作品を英語で読んでくれた読者と話をすることができた。

ダウンタウンで一番目立つ建物は、公共図書館だった。オランダの建築家コールハースの建てたもので、建築家がオランダ人だから言うわけではないが、左右に傾きながら大海原を進む船のようなかたちをしている。中に何百人もの利用者がすわって読書しているのがガラス張りの壁を通して外から見える。

この図書館のアジア分館が去年、開館した。ベトナム語、中国語、韓国語、日本語の本が並んでいる。本館が雄大な印象を与えるのに対し、この分館はむしろ親しみの持てるくつろいだ空間で、壁の棚に展示した陶器が美しい。近くに店を持つ紀伊國屋書店の企画で、ここでも朗読会をすることができた。来てくれた人たちには、シアトルに長く住んでいる日本人や日系アメリカ人なども多かった。

その中のひとりである日系五世だと言うWさんに教えてもらって、パナマホテルのカフェにも行ってみた。床の一部がガラス張りになっていて、そこから地下室に古びた行李やトランクが置いてあるのが見える。大戦中にコンセントレーション・キャンプに入れられた人たちが置いていった荷物だという。戻って来たら受取りに来るつもりで置いていったのに戻って来なかったのか、戻っては来たけれども取りに行くのをやめたのか。


シアトルはわたしにとっては何より本の町としてますます印象付けられていった。ワシントン大学シアトル校に行くと、そこにもいろいろな図書館があった。アジア関係の本だけを置いている図書館にも行った。広々とした閲覧室の脇のドアを開けると階段があった。もし一人だったら降りていくのが怖かっただろうが、親切な学生が案内してくれたので、その階段を降りられるところまで降りていった。一番下の階の奥には、最近出た日本語の小説がぎっしり並んでいた。日本文学専攻の学生の多い大学だと聞いてはいたが、海外の大学図書館に最近出た日本語の小説がこれだけたくさんあるのは見たことがない。

シアトルは日本に一番近いアメリカの港町だそうだが、近いと言っても太平洋のかなた。そんな遠くまで楽々と海を渡っていって平然とした顔をして本棚に納まっている本という移民には感心させられた。

ベルリンⅠ Berlin

新しい家に引っ越すとドイツ人はさっそく壁にペンキを塗り始める。もし壁が傷んでいれば壁紙を貼るところから始める。ごく普通の文学部の学生がペンキを買ってきてローラーや刷毛を器用に使って壁を塗る。前に住んでいた人が開けた穴がまだ壁に開いていれば、セメントをこねて塞ぐ。二十三年前、ドイツに来た時、これには驚かされた。壁などは普通の人間のいじれるものだとは思っていなかったからだ。

三月初めに、二十三年暮らしたハンブルグからベルリンに引っ越した。新しい住まいを見たドイツ人の友達は口を揃えて「壁にペンキを塗るべきだ」と言う。わたしの目には壁はそれほど汚れているようには見えない。「壁をきれいにするためだけでなくて、自分で壁を塗ればすぐに自分の家だという感じがするから」と言われて、なるほどと納得した。

わたしの新居はベルリンのパンコウという街区にあり、昔は東ドイツに属していた。政治家や作家たちが暮らしていたことで有名な通りである。まわりは労働者の住む地区でもあり、市民公園のバラ園の前では日曜日に散歩に来た家族が気軽に食事できる食堂などもある。同時に環境保護などを意識したお金のある人たちが移り住んでくる地区でもあるらしく、近所には美しい木造の低エネルギー家屋なども建ち始め、また自然食料品店も意外に多い。

道を歩いていて、つまずいてころびそうになることがある。いろいろなかたちの小さな石を埋め込んだ古い石畳が、四角い石を並べた石畳に変わり、それが更に最近できたアスファルトに変わる。いろいろな世紀がつぎはぎになっているのだ。

わたしの入ったアパートは事務所風の作りで、天井が広く壁の面積がとても大きいので、多量の本を収納するのに便利だ。しかし大きな本棚を壁に固定するには壁に穴をあけなければいけない。ドリルを買うべきだろうか、あんな機関銃のようなものは本当は欲しくないのだが、などと思いながらさっそく近くの工具屋に行くと、「どんな壁ですか」と聞かれた。東独時代にできた大きな建物のように見えるから多分コンクリートだろうと思ったが自信がない。人に聞くと、中は煉瓦だと言う。

五〇年代に質の悪いコンクリートで作られた建物は六十年くらいしか持たない、と教えてくれた人がいた。煉瓦の家なら五百年でも持つ。その人の話によると、プレハブ建築さえ東独では極力、煉瓦で作るようにしていたそうで、コンクリートは基本的には煉瓦が足りない時に使うものだと考えられていたと言う。

新居の床はすべてリノリウムになっている。リノリウムの床で暮らすことはできないから、自分で木材を敷いた方がいいと友達のひとりが言う。「木目の印刷された合成樹脂の床を貼るのが簡単で安価だ」とその母親が教えてくれる。「いやリノリウムを嫌うのは偏見で、リノリウムは暖かさを逃がさず掃除しやすくていいのだ」とその亭主が言う。「やはり絨毯《じゅうたん》を敷くのが一番いいが、安い絨毯はネパールなどで子供に労働を強制して作らせている場合があるから、そうではないという証明書の付いたものを買わなければいけない」と電話してきた別の知人が言う。引っ越しは本当に大変だとわたしは溜め息をつく。

すっかり疲れて、まだ引っ越しのダンボール箱の積み上げられた部屋で、わたしはとりあえず読書に逃げる。ベルリンには、鳥の名前のたくさんある街区もあれば、ウエストファーレン州の町の名前ばかり集まっている街区もあるが、わたしの地区には作家の名前の通りが多い。ヘルマン・ヘッセ通りやハインリッヒ・マン通りなどドイツの作家だけでなく、パステルナーク通りやマヤコフスキー通りなどロシアの作家の名前も付いている。散歩しているだけで読書熱をそそられる。

四月

April

デュイスブルグ　Duisburg

「ドイツで一番好きな町はどこ」と訊かれて困ることがあるが、そんな時のために用意してある答えが一つある。「デュイスブルグ」。そう答えると、必ずと言っていいほど笑われる。「蓼《たで》食う虫も好き好き」ということわざがあるが、デュイスブルグはまさに蓼だと思われているようだ。

デュッセルドルフで朗読会のあった翌日に、詩人のBさんに遊びに来ないかと言われてデュイスブルグへ行った。面白いところに連れて行ってくれると言うBさんは、さすがわたしの好きな詩を書く人だけあって、わたしの趣味を見抜いていた。そこは緑に囲まれた工業廃墟で、鉄骨だけになってしまった工場が空高く聳えている。工場は使われなくなってもう半世紀は経つだろう。熱い鉄のかきまわされていた容器も、そこから溶けた鉄が流れ出ていったであろう溝も、役目を終えて、物そのものとしての形を剝き出しにしてそこにある。それを見ながらぼんやりしていると、どこかからガラガラと石炭がころがってくるような音が聞こえてきた。まわりを見回すと、子供たちが集めたがらくたを入れた袋を引きずって近づいてくる音だった。

最近、雑草が生え放題の空き地というものをめったに見かけない。ここの敷地内にはいろいろな雑草がぼうぼうと生えているだけでなく、鉄骨の間をぬって人間の背の高さを超える樹木まで生えている。散歩しているとバッタが飛ぶ。鳥のさえずりが聞こえる。

昔から一貫して農業の営まれてきたような地方はむしろ農薬などのせいで、雑草や昆虫は少ない。この辺は、自然になど全く遠慮せずに工業化だけをめざしてきた土地が急に工業に見放され、とりあえず農地としては使えない上、観光地にもならないので放置された結果、虫や草が誰にも邪魔されずに勝手にゆっくりと増え続けてできた緑の地域だが、そのうちにいくつものプロジェクトによって意識的に保護されるようになった。最近はカエルやウサギも住んでいるし、以前はここにはいなかった野鳥や魚も移り住むようになった、と情報センターに置いてあるパンフレットには書いてある。

魚が住み始めたのは、もとは排水溝だった溝である。もと工場だったところに川や森が出来、以前はいなかった生き物たちが引っ越してくるというのがわたしには面白かった。

パンフレットではそれを「工業自然」と呼んでいる。

ルール工業地帯には他にも面白い工業廃墟がたくさんある。高層ビルのような巨大なガスタンク。以前は多量のガスの保存に使われていたそうで、第二次世界大戦で一度爆破されてからも再建してしばらく使っていたが、九〇年代に文化施設に変貌したそうだ。中では展覧会やパフォーマンスが行われる。外壁を螺旋状に走る階段を上がって行くと、下に見える自動車がどんどん小さくなっておもちゃのようになってめまいがしたが、下を見ないようにして登って行った。上に着いて、建物の内部を覗き込むと、真っ暗な巨大な筒の壁には外から漏れる光が星のように見えた。プラネタリウムのようでもあり礼拝堂のようでもあった。

元は工場だった建物を文化施設として使っているという例はドイツにはたくさんある。ハンブルグの代表的劇場の一つカンプナーゲルや、ジャズのコンサートホールであるファブリーク、ベルリンの文化醸造工場などもそのいい例だろう。しかし、元「ルール工業地帯」は規模が大きい。

社会科の授業中にはよく居眠りをしていたけれども、なぜか「ルール工業地帯」という名称だけは印象的で今も記憶に残っていると言う日本人はどうやらわたしだけではないらしい。当時は関心が持てなかったが、工業地帯としての意味を失ってしまった今、わたしにとっての楽園になった。

イエテボリ　Göteborg

北ドイツの港町キールから一晩船に揺られていくとスウェーデンのイエテボリに着く。北海の暖流の影響で、冬でもあまり厳しくないと言われていたが、三月半ばでも気温はまだマイナス十度、道の両脇にかきあげられた雪が溶けようともしないで山になっているのを見ると、やはり北の国へ来たという感じがした。

スウェーデンの家は昔から煉瓦造りではなく主に木造だったので火災で燃えてしまって、ドイツほど古い家はほとんど残っていないと言う。木造の家は、はかないが美しい。

わたしの泊まったのも木造のきれいな一軒家だった。家主の女性Lさんは、ペンションとしてその家の一部を大学に寄附し、しかも自分で宿泊者の世話を焼いている。いかにも淑女という感じのその女性に案内されて部屋に入り、わたしは疲れていたので昼なのに眠ってしまった。眼を開けると、心を快活にする植物群が目の前にある。青葉から汁がしたたり、ひるがえる黄色い葉は光を反射している。油絵である。ホテルの壁にかけてある絵にしては印象が強すぎる。階下に降りて行くとLさんが、わたしの泊まっている部屋にはトロッチヒさんという画家の作品が飾られているのだと教えてくれて、画集などを見せてくれた。

それからLさんはロビーに置いてある電動マッサージ椅子を指し、新しく買ったのでぜひ使ってみてほしいと言う。渋い色の皮張りのすっきりした長椅子で、外から見ただけではマッサージ椅子には見えない。お礼を言ってそのままにしていると、でかける時に、今夜もし帰りが遅くないならば帰ってからマッサージ椅子にすわってみたら、とまた勧めてくれた。その日は帰りが遅くマッサージ椅子のことなどすっかり忘れて寝てしまった。翌朝、朝食を食べていると、別の泊まり客がその椅子に身をまかせて気持ちよさそうに身体を振動させていた。なぜか少しほっとして部屋に戻ろうとすると、Lさんに呼び止められ、その客が終わったらわたしの部屋に電話をくれると言う。しばらくすると部屋の電話が鳴って、結局、わたしもマッサージ椅子の快い振動につかまってしまった。

町に出て銀行でユーロをスウェーデン・クローナに両替えした。ユーロに慣れてしまうと、同じヨーロッパ内なのに両替えすることで不当に損したように感じる。後で逢った大学院生のAさんに「せめて、スウェーデン、ノルウェー、デンマークのクローナを統一すればいいのに」と言うと、笑って「ノルウェーやデンマークとだけは絶対に通貨の統一をしたくないと考えている人がこの国にはたくさんいると思います」と答えた。スカンジナビアも外から見ればひとつの文化圏に見えるけれども、だからこそ歴史的に国境の溝が深いのは世界共通の現象らしい。

フィンランド人とスウェーデン人は世界一読書量が多いという統計がある。イエテボリの町の公共図書館は、夏のエッフェル塔より一日に訪れる人の数が多いそうだ。中に入ると子供がたくさん来ていて、各国語の本が揃っていた。ヨーロッパの言葉はもちろんのこと、日本語の子供の本も五十冊くらいあった。中にリンドグレーンの『カッレくんの冒険』を見つけてなつかしかった。スウェーデンという国があることなど知らなかった昔から、リンドグレーンの本に出てくる子供たちといっしょにわたしはこの国を駆けまわっていたのかもしれない。

飛行場に向かう車の中から遊園地が見えた。家だけでなくかなり大きなジェットコースターまで木でできているので驚いた。「うちの娘はあの振れがたまらないって言っていつも喜んで乗っているけれど、僕は怖いから乗ったことない」とTさん。身体に快いマッサージ椅子の振動が蘇ってきた。

ハンブルグ Hamburg

二十三年も暮らしたハンブルグに初めて着いた日のことは今でもはっきり覚えている。荷物は木綿のリュックサックとギターだけ。日本を出てインドを一ケ月かけてまわり、そこからヨーロッパに飛んで、旧ユーゴスラビアやイタリアなどを二ケ月ほど放浪し、最後にミュンヘンから夜行に乗って、翌朝ハンブルグに着いた。日曜日の朝だった。日曜日は会社や学校が休みなだけでなく、店はすべて閉まっているので、町は静まりかえって人通りはなく、鳥の声が住宅街の空を騒がせていた。なんて木が多い町だろう、なんて鳥が多い町だろう、というのがわたしの第一印象だった。しかもその鳥はスズメでも鳩でもカラスでもない。それまで見たことのなかったような美しい鳥ばかりである。

ハンブルグは港町で、人口はベルリンに次いでドイツ第二位、大阪の姉妹都市と聞いていたが、実際に行ってみるとたいへん緑の多い町である。高層ビルは見当たらないし、町の真ん中には湖があって、その日は天気のよい五月の日曜日なのでヨットがたくさん浮かんでいた。

ドイツの冬は長くて比較的厳しいので、町中の鳥が生き延びられるようにと冬の間、餌をやる人も多い。鳥の餌をだんごにして網の袋に入れたものをスーパーの店先でも売っていた。それを買って早速、机の前の窓から見える枝にかけてみると、すぐに鳥が見つけて飛んできてついばむ。原稿を書いている時に窓から鳥が観察できるのは楽しい。鳥は身体の動かし方が人間などとまったく違っていて、素早くて唐突なので見ていて飽きない。野鳥の餌は普通は秋から冬にかけてしか売っていないが、鳥が来るのが嬉しくて、わたしは買いだめして春になっても餌をやっていると、「春になっても餌をやっていると鳥が怠慢になって死んでしまうよ」と友達に言われてしまった。

長い冬が終わって、五月になるといっせいに町が緑に衣替えし、みしみしと植物の伸びる音が聞こえてくるような気さえする。こう書くとわたしがいかにも春を愛しているように聞こえるかもしれないが、本当はわたしは春が苦手だ。冬にすっかり合わせた身体の諸器官の調子が狂う。しかもポプラ、プラタナス、樫などの花粉症なので、六月になると、赤い目をして絶えず鼻をかみながら、樹木のない国を夢見て過ごす。春のない国でもいい。冬からそのまま夏になってしまえばいいのだ。

ドイツには年期の入った木も多い。五階建ての建物にも負けないくらい高い木も稀ではない。もちろんドイツにも花粉症の人はたくさんいるし、木に対する気持ちは人によって様々である。木があるおかげで向かいの人から部屋を覗かれないですむ場合もあるし、逆に部屋が陰になってしまって困る場合もある。下水道を破って木の根が入ってきて詰まり、バスタブの水が流れなくなって困ったことも何度かある。また、樹木は美しいが下が陰になって花が育たないなどの難点もある。そのため、木を切るか切らないかで喧嘩になり、裁判沙汰になることさえある。古い木を誰かが勝手に切ってしまった場合は、たとえそれがその土地の所有者であっても、住人は環境事務所に訴え出ることができる。

木と言えば森だが、ドイツの森に行ってみて驚くのは、森の中の道がちゃんと整備されていて、方向や距離などを示した立て札がたくさん立っていること。これでは道に迷うこともない。狼や熊は百年以上前に絶滅してしまった。やはり森なので木は多いが、町の中でも木はそこらじゅうに植えてあり、立派な枝が空を覆い尽くしているし、公園もたくさんある。イエーニッシュ公園のイギリス風庭園などにはいわゆる「森」よりもずっと野性的な感じで樹木が生えている。極端な言い方をすれば、ドイツは森と町の差があまりないのかもしれない。

デュッセルドルフ　Düsseldorf

デュッセルドルフの町中に、わたしのよく行くルドルフ・ミュラーという本屋がある。経営者のミュラー夫妻は新刊書をよく読んでいて、今度こんな本が出たということをいち早く教えてくれる。特に、忘れられた作家ものが最近評価しなおされて出版されたとか、地味な作家の新しい本が出て、新聞の書評などには扱われていないが大変面白いなどという話が多い。ミュラー夫妻は、小さな出版社から出た本やマイナーな雑誌にまで目を通している。わたしがほとんど誰も読んでいないだろうと思われるようなドイツの雑誌に詩を発表しても、次に逢えば、「この間、×××誌に書いてましたね」とさらっと言われてしまう。こちらも競争意識を刺激され、これだけ小さい雑誌なら絶対に読んでいないだろうと思って出しても、やっぱり読まれてしまっている。

この本屋にはグレーハウンドがいる。捨てられていた犬を施設からもらってきたそうで、犬を飼いたくても飼えないわたしの楽しみの一つは、デュッセルドルフに行って犬の散歩をさせてもらうことだ。この犬は人間に対してはいつも友好的だが、犬はみんな敵だと思っているらしく、通りの反対側を歩いている犬にでも急にとびついていこうとすることがある。施設にいた子犬時代、嫌な経験を重ねたのかもしれない。他の犬にとびかかり、逆に嚙まれて喧嘩になって耳が裂けたこともある。ドイツ語ではグレーハウンドは「風の犬」とよばれているが、骨と筋肉だけでできたように見える身体は、ふいに走り出す時、風のように空中に溶ける。

犬に引っ張られるようにしてデュッセルドルフの町の中に入っていく。ベルリンやミュンヘンにあるような威圧的な建物や幅の広い長い大通りは見当たらない。そのかわり小さな飲み屋や料理屋が石畳の道の両脇に並んでいるのを見ると、デュッセルドルフに来たという気がする。

ハインリッヒ・ハイネの生家もそんな通りの一つにある。前に来た時には、この家の通りに面した部分はまだ飲み屋になっていて、奥だけが時々文学関係の催し物などに使われていた。二つの空間の間に仕切りはなく、人々のにぎやかな話し声とビアジョッキのぶつかる音が煙草の煙の向こうから押し寄せてきていたので、ここで本当に朗読会をするのかと初め不安だったのを覚えている。ところが、一度マイクに向かって読み始めると、ビアジョッキたちはしんと静まり返り、そのうち建物全体が耳を傾けてくれているようにさえ感じられた。

今年はハイネの没後百五十年。ミュラー書店は、いくつかのハイネ関係の文化機関や市の協力を得て、美しいパフォーマンス・スペースに変貌したハイネの生家で、マラソン朗読会を企画し、わたしも招かれて行った。マラソン朗読会というのは作家が次々舞台に上がって読む朗読会。リレーと呼んだ方がふさわしいのかもしれないが、時間が長いのでマラソンと言うのだろう。八人の作家が出て全部で三時間半の自作朗読が続いたが、二百人くらいの人が来て最後まで聞いていった。

この空間は飾りのない白い壁に囲まれ、床には飴色の木材、屋根には外の光を取り入れるようにガラスが入っている。この日は、本棚のインスタレーションがあった。遠くから見た時は、背表紙が白い本だけを集めて並べたのかと思ったがそうではない。背表紙を奥にして本棚に入れてあるので白いのだ。だから、白いと言っても、その白さは微妙に多様。これから読まれるべき無数のページが無数の溝になってこちらを見ている。大変不思議な光景だった。

翌日帰る前にラーメンを食べた。デュッセルドルフはドイツの中では日本人が一番多い町でもある。最近はドイツでも大きな町には必ずいわゆる「スシ・バー」はあるがラーメンは滅多にないので、つい箸が伸びてしまった。

チューリッヒ　Zürich

チューリッヒにはよく行くが、天気が良かったことはあまりない。たまに天気がよいと、遠方に絵ハガキで見るような山脈が連なって見えて気持ちが高まるが、残念ながらいつも仕事に追われ山に遊びに行く時間はない。

今回も夜行列車で朝チューリッヒ駅に着いて、すぐタクシーで会場に駆けつけ、夕方までシンポジウムに参加し、夜にはまた夜行で帰るという短い訪問で、スイスの山のよさを味わうどころではなかった。

そんなわたしでもスイスの山を歩いた思い出が全くないわけではない。山を歩いたと言っても散歩程度だが、わたしにとっては忘れられない経験だった。もう七、八年前になるかもしれないが、暇な日が一日あったので駅の案内所に行って、「日帰りで行ける山はありますか」と訊くと、案内所の人は黙ってわたしの顔を見ている。何を考えているのだろうと思って待っていると、いきなり手元の引き出しからパンフレットを三つ出して、わたしの目の前に並べた。それぞれ中国語、韓国語、日本語のパンフレットで「日帰りの遠足」と書いてある。「どれでもどうぞ。」ここまでサービスが行き届いているとは思わなかった。「急な山道を登ったりする体力はないんですけれど平気ですか」と訊くと、「ハイヒールでも平気ですよ」と言ってにっこりした。

パンフレットにあるコースの一つを選んで行ってみた。ロープウエイに乗ると、あっと言う間に雲の上の世界についた。紫色にかすむ山々が地平線まで続く眺めは壮大。ふと見ると、ハイヒールを履いた女性が隣に立っていた。

全く苦労しないで山の上に出てしまっていいのだろうかと、わたしはなんだか後ろめたく感じた。以前、東京から行った山は、これとはずいぶん違っていた。辛い思いをして早起きをして電車に揺られバスに揺られ車酔いしそうになりながらやっと登山口に着いて、そこから数時間汗だくになって登っていくとやっと目の前に現れるのが美しい山の景色だと思っていた。それが、ここでは家のまわりを散歩するような気楽さで山が楽しめる。しかも、スイスの山はくやしいけれども日本の山よりずっと高い上に、開発という名の元に切り崩された形跡もない。

日本では山頂に着いたらお弁当を開いて食べるのが普通だが、ここにはレストランがあった。外見は素朴な山小屋のようで、観光地風のけばけばしさはない。中に入ると、テーブルクロスはアイロンがかかっていて真っ白、ナイフとフォークは銀色に光っていた。雰囲気も都会的で、逆に窓の外の景色は本物ではなくポスターではないかと疑いたくなってくる。なんだかだまされているようで、宮沢賢治の童話に出てくる「山猫軒」のことなども思い出してしまった。

このようにスイスでは、町中から山に出るのは簡単で誰でもいつでも気楽に行けるのだが、油断して危ない目にあったこともある。あれは一月のことだったと思う。冬でも風がなく日がまぶしいほど照っていたので、寒さは感じなかった。雪に一面覆われた白い下界を眺めながらのんびり歩いていくと、突然どさっと身体が落ちて、胸まで雪にはまっていた。雪はどこも一様に見えるだけに、下がどうなっているかが分からないので危ない。もっと怖かったのはゴットハルト・トンネルの上あたりを歩いていた時のこと。森に囲まれたほぼ楕円形の美しい雪野原を散歩していると、「この辺りを散歩しないこと」という立て札があった。理由が全く説明してないので、不思議に思って更に十数歩進むと、雪が溶けて、穴が開いているところがあった。のぞき込むと、その穴はとても深く、氷の層が下の方に光り、そのまた下には暗い水が揺れていた。わたしは顔を上げて改めて四方を見回し、自分がどうやら湖の真ん中を歩いているらしいことに気がついて、ぞっとした。

五月

Mai

ボルドーI　Bordeaux

　ボルドーに着いた翌日、電話が鳴った。フランス語のほとんど分からないわたしだが、相手がAという名前で、「英語もドイツ語も日本語も話せませんが」と言ったのは分かった。それから「お昼に」「いっしょに」「探す」という単語が分かった。「探す」というのは「迎えに行く」という意味だろうと推測した。それにはわけがある。わたしをこの町に招待してくれたアルペル・アキテン文学事務所のCさんは少し英語ができるが、わたしがボルドーに着く時間を事前にメールで知らせると、「駅にあなたを迎えに行く」ではなく「駅にあなたを探しに行く」という返事を英語で書いてきた。フランス人は迎えに行くことを探しに行くというのだろうとその時思った。実際には広い駅の構内でなかなかCさんに逢えず、本当に「探す」ことになってしまったのだが。

そう言えばその時にCさんが、Jさんの夫の姉が電話してくるかもしれないというようなことを言っていた。Jさんはドイツ文化センターに勤めている知人だが今週はあいにく町にいないので代わりに誰かを歓迎の意味でよこすと言うことらしい。他に心当たりはないので、電話の主がその人なのだろうと思った。ひょっとして違う人だとしても、人間であれば誰でも知り合いになれば面白いのだからまあいいか、とも思った。

動詞は聞き取れなかったが、お昼に何かいっしょにすることとしたら多分お昼を食べることだろうと思って、「喜んで」と答えた。もし相手が「お昼にいっしょに銀行強盗をしましょう」と言っていたとしても、わたしは明るい声で「喜んで」と答えていただろう。

それでも一応、電話の相手が昼食を取る以外のことを考えている場合に備えて、少し腹ごしらえしておくことにした。近くのパン屋で買ったフランスパンにヤギのミルクで作った真っ白なチーズをのせて食べた。こんな簡単なものでも「ほっぺたが落ちるほど」美味しかった。こんな表現を久しぶりで思い出したのは、食べた瞬間に実際ほんの少し頰が痛かったからだ。

時計を見るともう十一時半。わたしはフランス語会話集を広げて使えそうな文章を暗記した。それからまるで小説でも書くように自分たちの会話の内容を想像して必要になりそうな単語を辞書で調べた。十二時半、呼び鈴が鳴ってドアの前に六十歳くらいの女性が立っていた。

わたしが一人で二ヶ月間暮らすことになった家は、古い小さな家々の並ぶ狭い通りにある。そこから五分ほど歩けばガンベッタ広場に出られる。ディジョー門前のカフェテリアはほぼ満席だった。Aさんはよく行く店らしく、前掛けをした痩せたウエイターと両頬に挨拶のキスを交わすと、すぐにテーブルに案内された。一枚の皿の上にパン、チーズ、サラダ、果物などがきれいに並べられたランチセットを食べた。「日本の美学を少し真似している」と言われて改めて盛りつけを見ると、確かに外見は会席料理を思わせるところがある。

Aさんは学校の先生だったが今はもう働いていないと言う。何の先生なのかは分からなかった。

カフェテリアのすぐ近くに「モラ書店」があった。Aさんはフランスで一番大きい本屋だと言う。入ると、文学書、哲学書、美術書、語学の教科書などよく揃っている。わたしの本のフランス語訳を四冊も出してくれたパリの小さな出版社エディシオン・ヴェルディエの本も揃っていた。

Aさんがうちでコーヒーを飲もうと言うので、帰りに寄った。ガラス戸から中庭に咲き乱れる薔薇が見えた。ボルドーの表通りは石の家と石畳の道でかためられ、街路樹も花も土もないが、家の裏側には庭のある家が多いという。

別れてから、Aさんが本当にJさんの小姑なのか、もし違うとしたら何者なのか訊くのを忘れたことに気がついた。

チュービンゲン Tübingen

シュトットガルト駅でチュービンゲン行きのローカル線に乗り換えた途端に、時間の流れが切り替わる。ドイツの特急ICEは、山があればトンネルを掘り、川があれば橋を架け、無理にでも最短距離で主要都市を結んでいるので、シュトットガルトまではすぐに行くことができるが、チュービンゲン行きのローカル線は、自然の起伏をなぞりながら、ネッカー川のくねりを真似て、ゆっくりと走る。エスリンゲン、プロッヒンゲン、ヴェンドリンゲン、ニュルティンゲン、メッチンゲン、ロイトリンゲンなど、停車駅も多い。途中の町の名前がほとんどingenで終わるので、わたしはこのローカル線をひそかに「いんげん電車」と呼んでいる。

チュービンゲンにはもう二十回以上行ったことがあるが、橋の上から眺めるネッカー川の眺めは何度見ても風景画のようで現実のものとは思えない。柳が水面ぎりぎりまで垂れ、川岸は川の水の戯れに身をまかせ、まどろんでいる。岸はコンクリートで固められてなどいない。大きな船が通っているのは見たことはないから、多分浅いのだろう。夏には竿舟に乗ることもできる。おととしの文学祭では竿舟の中でも朗読会が行われた。

橋の上から見ると右側の岸にヘルダーリンのこもっていた塔が見える。チュービンゲンは大学町で、住民の三分の一くらいは学生だと言う。だから本屋が多いのは分かるが、いつからかブティックなども増え、ヘーゲルの町と呼ぶにはあまりにもお洒落な印象が強い。

わたしの友達Cは町からバスに十五分ほど乗っていったところにあるハーゲルロッホ(雹《ひょう》の穴)という村に住んでいる。この日わたしは、翌日エスリンゲンで仕事があるので、チュービンゲンに泊まることに前から決めていたのだが、Cは仕事の関係でこの日まだスペインから帰れなくなってしまった。同じ家にはエンジニアになる勉強をしている姪が暮らしている。「姪が家にいるはずだから、連絡してドアをあけてもらって客間に泊まっていって」とCに言われ、姪の携帯に連絡すると、姪はその日はベルリンに遊びに行っていて家にはいないことが分かった。「でも、おばあちゃん(つまりわたしの友達の母親)が家に来て一人泊まっているからドアをあけてもらって客室に泊まっていって」と言う。携帯で誰にでもすぐ連絡がつくようになったのは便利だが、人の移動が増えてなかなか本人には逢えない世の中になってきた。

Cの母親のLさんとは二十年ほど前に初めて逢ってから時々顔を合わせることがあった。歩くのが遅くなったこと以外は六十歳の頃と八十歳を過ぎてからとほとんど変化がない。列車が遅れて、ハーゲルロッホに着いたのはもう夜十時近かったが、Lさんは嬉しそうに家の戸を開けてくれて、これからいっしょに「緑の木」に何か食べに行こうと言う。

「緑の木」は村に二つある飲み屋の一つ。家から歩いて五分ほど離れたところにある。小さな村なので、少し歩けばもう村を取り囲む大きな暗闇が広がっている。ここから歩いて森の中を通って一晩かけてシュトットガルトに行ったというCの友人の話を思い出した。森の中ではお化けがたくさん出たと言う。近くには「シュヴァーベンのアルプス」と呼ばれる山岳地帯も広がっている。昔エーデルワイスを探しにCとその妹と姪と遊びに行ったことがあったことを思い出した。

もう時間が遅かったので、「緑の木」では店の主人も、常連らしい客たちと同じテーブルを囲んで飲んでいた。「何回来てもやっぱりあの人たちのしゃべっている言葉は聞き取れない」とLさんが言う。耳をすますと、みんなシュヴァーベン地方の方言を話している。わたしたちは、千切りにしたチーズに、生のタマネギのみじん切りを混ぜたドレッシングをかけた、いわゆる「チーズのサラダ」を黒パンといっしょに食べた。

ヴュンスドルフ　Wünsdorf

ベルリンのクロイツベルク区にわたしの好きな古本屋が一軒ある。東独時代に出た文学書で他ではあまり見かけない本などがたくさん置いてあり、値段も安い。ギムナジウム教師のような風貌の客もいれば、お洒落な若いカップルも来ている。店ではいつも同じ人が、忙しそうに本を整理したり、客の質問に答えたりしていた。瘦せて地味ながら、がんばりのききそうな感じの人で、愛想はないが親切だった。

ある時、この店の入り口のドアの脇に「本の町ヴュンスドルフ」と書かれたポスターが貼ってあることに気がついた。ヴュンスドルフはベルリンの南東に位置する村で、古本を三十五万冊以上も売っている、と書いてある。ひょっとしたらそれはわたしの好きな神田神保町のようなところかもしれないと思い、さっそく友達のBといっしょに車で行ってみることにした。

土曜日だった。土曜でも夕方六時まで開いているかどうか、電話をかけて確かめてから家を出た。

アレキサンダー広場は混むので避けようと思っていたのに、結局通ることになってしまった。東ベルリンは大きな通りが放射状にこの広場に集まるようにできている。工事中で張りめぐらされた縄の間を車がのろのろと進む。ふと見上げると、東ドイツが誇りにしていたあのテレビ塔の球の部分が、いつの間にかサッカーボールに変身している。そう言えばワールドカップももうすぐだ。

ベルリンの外に出るとすぐに田園風景が広がり、人が住んでいるのか疑いたくなるような静かな村が時々現れるほかは何もない。ヴュンスドルフもそんな村のひとつで、元は普通の村だったが、第二次世界大戦中に大きな軍事施設が作られた。冷戦中駐在していたソ連軍も一九九四年には引き払い、本の町が誕生した。

使われなくなった兵舎や農家のある村に、大きな古本屋をいくつも開くブックタウン（本の町）という発想はイギリスで生まれたそうだ。ヨーロッパには約二十カ所にそのようなブックタウンがある。

着いた時間が遅かったので、軍事施設の見学はできず、Bは残念がっていたが、わたしは本のぎっしり詰まった建物を見て、来てよかったと思った。

東独で暮らしていた人たちが自分の持っていた本を売ったという感じのコレクションで、小説でも馬の本でも旅行ガイドでも哲学書でも楽譜でも何でもある。東独の本なので、旅行ガイドならハンガリー旅行のきれいな本が何冊も置いてあるが、イタリアやフランス旅行の本はない。アメリカの小説は少ししかないが、ロシアの小説は山ほどある。と言ってもドストエフスキーなどはない。

小説の棚を見ていると中から書店員が出てきて、「あなた、今朝、電話してきた人ですか」と訊く。無愛想な言い方だ。こちらも負けずに「そうですよ。どうして分かりました？」と訊き返すと、相手は口ごもってわたしの質問に直接答えるかわりに、「あの電話がなかったらもう店を閉めていましたよ。でも六時まで開いてるって言ってしまったから開けて待っていたんです」と言ってにやっと笑った。

それにしてもその人の顔は、クロイツベルクの古本屋の顔とそっくりだった。Bにそう言ってみると、そっくりどころか同じ人だと思うと言う。でも同一人物が三十キロ離れた別の店で同時に働いているわけがない。

わたしたちは六時までたっぷり古本を見て何冊か買ってから、車でベルリンに戻った。クロイツベルクの古本屋は七時過ぎても開いていることがあるから、行って店の人の顔を確かめてみようということになった。

道が混んでいてベルリンに戻ったのは八時過ぎだった。古本屋は閉まっていたが、中で働く後ろ姿がガラス越しに見えた。男は視線を感じたのか振り返った。どう見てもヴュンスドルフの書店員と同一人物である。

六月

Juin

パリ　Paris

フランスの地方都市でしばらく過ごしてからパリに出ると、奇麗と言うより疲れるところだと感じてしまう。ボルドーからパリ行きの特急に乗る。二等車でも全席指定になっているのでさすがに立っている人はいなかったが、満席で、気のせいか、これからパリに出る人たちの緊張感が車内に張りつめているようで、どうもくつろげない。

パリのモンパルナス駅を降りると、ものすごい人ごみで、地下鉄の切符売り場には長い列ができている。やっと切符を買って階段を降りて行くと、男が一人倒れていた。そのまわりに制服姿の女性が三人、テープを張って救急車の来るのを待っている。地下鉄の中は満員で空気が悪い。まわりを見まわすと、みんな疲れた顔をして乗っている。

郊外電車に乗り換える。改札の駅員は機嫌が悪く、こちらの質問に親切に教えてくれない。

東京に比べれば、パリは特に人口が多いわけでもないし、せわしなくもないが、ボルドーに住む知人が「昔はパリに住んでいたけれどボルドーに引越してから生活がしやすくなった」と言う意味が分かった。

大学のゲストハウスに荷物を置いて少し休んでから町に出た。三時に地下鉄のベルビル駅でLさんと待ち合わせしていた。

Lさんはドイツ育ちの韓国人で、もう長いことパリで暮らしている。Lさんの住んでいる地区はパリの中でもあまり観光客が来る機会のない地区で、とても面白いからいつか案内したいと、二年くらい前から言ってくれていた。

Lさんといっしょに地下鉄駅の階段をあがって外に出ると、ゆるやかな坂に沿って、中国語の看板が続いている。ここでおいしい中華料理やベトナム料理を食べたという人の話を思い出した。料理屋や食材を売る店だけでなく、中国語の本屋も雑貨屋もある。その隣の大通りは、主に左側にはユダヤ系の移民、右側にはイスラム系の移民が店を並べている。もう一つのパリに来たという感じだった。

Lさんの話によると、移民の歴史は長いが、北アフリカの植民地ではフランスからの独立運動といっしょにナショナリズムが盛り上がり、そこには反ユダヤ的な傾向が含まれていたので、ユダヤ人たちは一九五〇年代からパリに移り住み始め、一九六二年のアルジェリア独立の際には更にたくさん移民があり、フランス政府はそれを積極的に受け入れたという。

外壁にダビッドの星が描かれた建物がある。ユダヤ教の教えに従って処理された肉だけを売る精肉店がある。わたしたちは道を渡って、反対側を少し行ったところにあるアルジェリア人のお菓子屋に入った。ピスタチオやアーモンドの入った練り菓子や焼き菓子が五十種類ほどきれいに並んでいる。味見もできる。見かけも甘さの質も、西洋のケーキと和菓子と両方を同時に思い出させるものが多かった。写真を撮ってもいいかLさんがわたしのためを思って訊いてくれたが、店員は、だめだと言う。Lさんが驚いて、理由を尋ねると、店員は「ライバルにデザインを盗まれるかもしれないから」と答えてから、自分の厳しさを少し後悔したのか、「今日は店主もいないし、まあ一枚くらいなら」と譲歩した。それからわたしたちの顔を見て、「どこから来たの?」と訊く。Lさんはあっさり「パリに住んでるのよ」とだけ答えた。

墓地を見学してから別のアルジェリア人の店でお茶を飲んだ。ああおとしたペパーミントの葉っぱがガラスのコップに数枚入っている。砂糖の入った熱湯を鉄瓶で高い位置からコップの中に注ぐ。「どこから来たの?」とウエイターに訊かれて、Lさんはまたあっさり「パリに住んでいるのよ」と答えてから、「アルジェリアのペパーミント茶とモロッコのペパーミント茶とどこが違うの？」と訊いた。ウエイターは、「ほぼ同じだけど、違いは、アルジェリアのペパーミント茶の方が美味しいことかな」と答えて笑った。

トゥールーズ　Toulouse

トゥールーズに着くと、パリで不安に揺れていた心が急に晴れた。フランスによくある白く冷たい石の家並みとは違って、ここには暖かく明るい煉瓦の家が並んでいる。地中海風の窓は開け放たれ、窓辺によりかかって外を眺めている人たちがいる。店はどれも外に向かって大きく胸をあけ、細い道に歩行者があふれ、街角では人々が立ち止まって大きな声でおしゃべりしている。時々ものすごい音を立ててオートバイが走り抜けていく。

わたしをこの町に招待してくれたのは、「白い影」という地元では有名な本屋だった。ここでは毎日、講演や朗読や討論が行われ、本屋というだけではなく、町の大切な文化施設としての役割も果たしている。

小さな町だがパリより国際的な感じさえした。店主や店員がドイツ語が少し話せ、しかも嬉しそうにそれを使うということもパリでは考えられないことだった。

本屋に集まってきた人たちは話を聞いていると、両親がアルジェリアやスペインやイタリアから来ている。「移民」が多いのはどの町でも同じかもしれないが、インテリの集まりのような場になると急に移民の姿が見えなくなる町も多いが、ここは違う。わたしの本の紹介をしてくれたのは、大学で言語学を教えていて今は引退したユダヤ系の女性で、新刊の紹介とサイン会と呼ぶにはあまりにもレベルの高い、繊細で、難しい話だった。しかし集まってきた人たちは退屈する様子もなくじっと聞いていた。「白い影」という書店名は映画のタイトルから取ったもので、南太平洋の住民がヨーロッパ人を「白い影」と呼んだところから来ているのだと店長が教えてくれた。その月、この本屋で行われる他の催し物などをパンフレットで見てみると、政治的なテーマでも現代詩でも何でも消化してやろうという旺盛な食欲が感じられる。しかしパンフレットのデザインや店内の本の並べ方は少しも眉間に皺を寄せて深刻ぶった感じではなく、南国的で明るく楽しげだった。

その日、書店に来てくれた人たちの中に、二十年ほど前にハンブルグ大学のゼミでいっしょだったAという友達がいた。もう十六年も逢っていなかったので驚いた。彼女はドイツ人だが、フランス人と結婚してフランスに渡り、それからずっとフランスの大学でドイツ文学を教えていると言う。こんなゆったりして暖かくて明るい町で暮らせるなんてうらやましい、とわたしが言うと、外見はのんびりしているように見えても、生活は北ドイツより厳しいのだという答えが返ってきた。

トゥールーズにはエアバスなど新しい企業も移ってきて比較的仕事が多いので、各地から人が集まってくる。町そのものの造りはむしろ中世の核を残していて、たくさんの労働力を受け入れられない。町は人であふれ、みんなが肘を張って場所の取り合いをしている。だから何事も競争である。道をゆずりあうより、人を押しのけようとする。アフリカからの移民たちはフランス語もよくできて一見社会に受け入れられているように見えるが、差別が残っているので、当然不満が爆発する。ナチス時代からのドイツ人への不信感も根強く、ドイツ人だとわかった途端に部屋を貸してもらえなかったこともあると言う。

Aの家の場所を教えてもらって、翌日帰りの列車に乗る前に寄ってみることにした。教えてもらった通りの道を歩いて行くと、午後の日差しを浴びて、外壁の肌色、橙《だいだい》色、黄色、空色が美しく、身体が甘く吸い込まれていってしまいそうだった。

Aの家がまた個性的ですばらしかった。絵描きがアトリエにしていたぼろぼろの建物を買って、自分たちで修復したのだという。家と言っても、売るために作られたそらぞらしい機能的な箱ではなく、歴史の生み出した建物を修復して作った個人の作品という感じがした。

ペサック　Pessac

ボルドーの近くにあるペサックという小さな町にある高等学校に招待されて行った。朝、文学事務所のMさんが車で迎えに来て連れて行ってくれた。

ボルドーの町はクリーム色がかった石で作られ、外界から隔離されたような一つの完璧な作品になっている。第二次世界大戦も冷戦も痕跡を残さず、十九世紀に氷結してしまったような美しさだ。しかし、一歩町の外に出ると、家々は統一感がなくなり、都市の緊張がほぐれ、ほっとする。

しばらく走ると、道沿いに高い金属製の柵が現れた。柵の先端が槍のように空に突き刺さり、「入ったら、ただではおかないぞ」という厳しい声が聞こえてきそうだったので、これはお城か、大金持ちの屋敷か、それとも洒落た牢獄か、と不思議に思ってMさんに訊いてみると、ぶどう畑だと言う。普通ぶどう畑などは柵で囲まれているものではなく、たとえ少しくらいぶどうを失敬して食べても、農薬でお腹を壊して自分が損をするくらいで、持ち主に叱られることなどない。しかし、この辺でできるワインはひどく高級なものだそうで、しかもぶどう畑が町の真ん中にあるので、柵があるらしい。ペサックのワインはすでに十七世紀からイギリスに輸出されていて、十九世紀半ばから今日に至るまで評判がゆらいだことはないと言う。

わたしの呼ばれていったペサックの高校はエリート校で、卒業時に、フランスとドイツの高校卒業資格を同時に取れるコースがある。この資格があれば、その学科が定員を越えていない限り自動的に両国のどこの国立大学にも入れるわけだから、これは大変な資格である。そんなコースに通うのは、国際結婚で生まれた子供やフランスで働いているドイツの商社マンの子供だけだろうと思って訊いてみると、そんなことはなく、二カ国語コースを取っている人のほとんどが両親ともこの地方のフランス人だということだった。

このような独仏二カ国語のコースのある高校はフランスに二十校ほどあり、同じプログラムのあるパートナー校がドイツにやはり同じ数だけあると言う。

日本は英語中心の教育に傾いてきている。だからと言って英語のできる人が増えたわけではなく、外国語そのものがますます軽視される傾向にある。第二外国語をやらなければ第一外国語がその分よくできるようになるわけではなく、むしろ逆に第二外国語もやる人の方が第一外国語もよくできるようになるという常識が忘れられつつある。

フランスには、第一外国語を英語にしなければならないという決まりはない。ヨーロッパ共同体には、言語数の豊かさを弱みではなく強みとして見直していこうとする動きがある。ちなみに、ドイツ語はヨーロッパ人の二十四パーセントが母語とするヨーロッパ最大の言語であり、英語はイタリア語やフランス語と同じで約十六パーセント、スペイン語は十パーセントに過ぎない。また、フランス政府は若い人が中国語を勉強したくなるように意識的に力を入れていると言う。日本語を勉強したがる若い人も増えている。ただし、これは日本経済の未来に期待しているからではなく、漫画とアニメの人気が原因らしい。

フランスは、ヨーロッパの中では外国語が不得意だということで批判されることが多い国だが、ペサックの高校のようなところへ行くと頭がさがる。生徒たちは、わたしの書いた本を読んで、たくさん質問を用意してきてくれたので、充実した二時間を過ごすことができた。

終わってから教員三人に誘われて、Mさんとわたしは学食でお昼を食べて帰ることにした。さすがフランスだけあって、高校生対象の学食でも、前菜、主菜、デザート、と分かれている棚から一品ずつ取るようになっていて、味もなかなか良く、しかもワインまであった。すぐワインの話になってしまうのは今アキテン地方にいるせいで、実はわたしは全く飲めない。

ナント　Nantes

　ナント駅の南口に約束通り、Tさんが迎えにきてくれていた。しばらくして、パリの大学で日本文学を教えるS先生も到着した。Tさんが駅のすぐ前にそびえ立つ不思議な塔を指差して、「これが昔、リューのビスケット工場だった建物で、今は『リュー・ユニーク』という名前の文化施設。今夜の会場です」と言う。

　建物の一番上には、アスパラガスの先端を二つ重ねたような奇妙な塔があり、その下にはアラビア文字を思わせる模様がある。そのまた下にはとろりと甘い顔の天使が飛んでいる。バルセロナのサグラダ・ファミリアを見た時、あるいはフンデルトヴァッサーの作ったアパートを見た時に感じたような、明るいけれどもちょっと不安定な気分になった。もし説明してくれる人がいなかったら、新興宗教のお寺かと思ったかもしれない。

中に入ると、むきだしのコンクリート、煉瓦、鉄の冷たさなど、工場の雰囲気を生かした空間に本屋、喫茶店、レストランなどがある。天井には太い四角い管が通っていて、ワイヤーがはりめぐらされ、ハロゲン電球がたくさん下がっている。バーの上には工場の中にあったものと思われる金網が一部残され、そこに固定された黒板にメニューがチョークで書かれている。

Tさんに連れられてわたしたちは塔に登った。塔の上は螺旋階段が小さな展望台につながっていて、大きなハンドルを両手でよいしょとまわすと、自分たちの乗っている台が三百六十度回転し、カテドラルやお城などが鑑賞できるようになっていた。

トラックの二台並んで入れそうな大きな扉がついた倉庫も見え、その扉が巨大なビスケットの形に作ってあるのが面白い。この倉庫からビスケットが出荷されていた頃には、工場もこの建物だけでなく、はるか向こうの方まであった、リューのビスケットは百年前にはすでにフランス中で愛されていたとTさんが説明してくれた。今では工場はある会社に買われ、別の町にあるそうだ。

パリ万博の時に出品したという塔の模型も置いてあった。世紀末に作られた工場というのはよほど建て方がしっかりしているのだろう。その時代に工場だった建物が今は文化施設として使われている例はドイツにはフランス以上に多いが、お菓子の工場というところがいかにもフランスらしい。

カフェーではちょうどスラムポエットリーをやっていて、観客は盛り上がっていた。午後の中途半端な時間なのに隣のレストランにも人が溢れている。ここは町で一番人気のある場所なのだとTさんは嬉しそうに言う。

その晩、わたしの本のプレゼンテーションが終わってから、ナントに住むフランス人の小説家のMさんなども交えて、中のレストランで食事した。Mさんという人は謙虚でユーモラスな人だがものすごく博識だという噂は聞いていたが、それは本当だった。Mさんが席を外している間にわたしはなぜか急に受験生時代に暗記した「ナントの勅令」という言葉を思い出した。

どういう勅令だったのかは全く思い出せないのでTさんに聞くと、Tさんは苦笑して「確かに歴史的に重要な勅令だけれど、内容は忘れた」と答え、それを聞いて、その日に朗読をしてくれた女優さんも困ったように笑って、「ナントの勅令ねえ。もう昔のことだから忘れたわ」などと言っている。ところが席に戻ってきた作家のMさんに訊くと、すぐに答えが返ってきた。「あ、それは一五九八年にアンリ四世が出した勅令で、カソリック以外の宗教にも同じ権利を認める勅令。でも一六八五年にルイ十四世によって廃止されたんだよ。彼は愛人がカソリックだったから、彼女のためにそうしたんだ」と答えた。

Mさんもルイ十四世と同じでパートナーのためなら何でもするタイプだそうで、この日もベビーシッターがもう帰る時間だからと言って早めに家に帰って行った。

七月
Juillet
Juli

サン・マロ Saint-Malo

サン・マロはブルターニュ地方の海に面した町で、ここの文学フェスティバルに招待されるまではわたしもそのような町があることは知らなかったが、フランス人たちは観光でよく訪れるところらしい。

「エトナン・ボヤジェール」は初めは旅行の本だけを対象にして始まったフェスティバルだったが、今では文学一般を対象にする大きなものに発展したそうだ。それがどのくらい大きなフェスティバルかは「パリから貸し切り列車に乗って来てください」という連絡を受け、パリ・モンパルナス駅で指定のプラットフォームに行ってみて、初めて分かった。サン・マロ行きの貸し切り列車に乗るためそこに集まった二百五十人あまりの乗客は、すべてフェスティバルに参加する人たちだったのだ。出版社の人やジャーナリストもいたようだが、作家がほとんどだったと思う。同じ列車にそれだけたくさんの作家が乗っているというのも多少不気味だった。サン・マロまで三時間弱かかった。まわりの人たちは黙って本を読みふけっている。

町に着くと広場でレセプションがあった。前の週にベルリンで逢ったクルド人の作家Fさんにまた逢った。彼は「今年のテーマに使われているオリエントっていう言葉、差別語じゃないかなあ」と言って首をかしげていた。「ヨーロッパ人の頭の中にある架空の国をさす言葉として適切なんじゃない?」

わたしは、他に知っている顔も見当たらなかったので、バイキングの生ガキを食べることに専念していた。すると突然、「多和田さん、お久しぶりです」と日本語で声をかけられた。見るとC氏が立っている。彼と最後に逢ったのはもう随分前のことで、当時彼は日本文学の翻訳者だったが、その後、推理小説を書いて有名になった。「実はこの町で買い物をしたのです」と言うので「何を買ったんですか?」と訊くと、「家です」という答えが返ってきた。わたしが驚いていると、C氏は、「推理小説など書くとそうなるのです」と照れたようにつけ加えた。

C氏と別れると、すぐにパリから遅れて到着したOさんが近づいて来て、「今の人と話していた言葉、ロシア語?」と訊くので、「あれは日本語」と言うと、「ああ、そうなの」と言って笑った。ここから見れば、日本もロシアもずっと東の方にあるので、似たようなものかもしれない。Oさんはわたしの本の仏訳を出しているパリの出版社の担当者で顔が広い。同業者、本屋、写真家、作家などとしきりと言葉を交わしている。

フェスティバルは、ブックフェア会場と、そこで行われるサイン会と、無数の座談会から成り立っていた。三日間の間、朝から夕方まで並行していくつも作家の座談会が行われているが、どこへ行っても人がたくさん来ている。一番大きな会場には二、三百人入る。入場料は、一日総合券が八ユーロ。

夕方、Oさんと二人でおいしい魚料理を食べてから、海岸を散歩した。海の色がよかった。海辺の高台に美しい家が並んでいる。Cさんもあんなすてきな家を買ったんだろうか。海の見える家に住みたいという気持ちが昔はよくは分からなかったが、今こうして潮風に肌を撫でられ、夕日に赤く染まる海を見ながら砂浜を歩いていると、なるほどここで暮らしたら気持ちがいいだろうと思った。ひょっとしたら、もうどこへも行かなくてもいいような気がしてくるかもしれない。でも、わたしの旅はまだまだ続く。サン・マロにとどまるわけにはいかない。それに推理小説を書くことのできないわたしには、ここで家を買ってしまうという危険もない。

ふと見るとOさんは「コキヤージュって英語でなんて言うんだっけなあ」などとつぶやきながら一生懸命、貝殻を拾っている。この出版社もお金にはあまり縁がない。わたしたちの通貨は原始時代と同じで貝殻、または貝殻のような言葉だけなのかもしれない。

ベルリンⅡ　Berlin

二十三年間暮らしたハンブルグを去って首都ベルリンに引越して三ヶ月がたったが、それから仕事でほとんどフランスにいたので、じっくりベルリンを味わっている暇がなかった。

先日、ベルリンでペンクラブの国際会議があり、わたしは会員ではないが自作朗読の催しに参加することになっていたので、首相官邸でのレセプションの招待状をもらい、好奇心に導かれるままに出かけていった。

首相官邸はシュプレー河岸にあり、遊覧船に乗るとモダンな庭園を間近に見ることができるが、まだ中に入ったことはなかった。見学目的で誰でも入れる建物ではない。レセプションへの招待状をもらった時点で、パスポート番号などを当局に届け出て、当日はパスポートを提示してから、飛行機に乗る時と同じようなセキュリティを通らなければならなかった。しかし、アメリカ大使館のようにカメラはだめ、携帯電話はだめ、という厳しい規則はなく、写真も撮り放題で、一度入ってしまうといかめしい雰囲気は全くなかった。低めの天井、軽い色彩、廊下にぽつんと置かれたピンポン台のようなサッカーゲームなど、なんだか楽しげで、たとえば大統領官邸のような美的厳格さや豪華さは感じさせない。権威主義的な印象を与えないように極力気をつけて作られている。

レセプションも、堅く形式ばったものではなかった。幅の広いゆるやかな階段に、招かれてきた作家たちが腰掛けたり、立ったままおしゃべりしたりしていると、メルケル首相が階段の一番下の廊下に立てられたスタンドマイクの前に現れた。そう言えばベルリンの劇場シャオビューネも、段になった客席から、一番低いところにある舞台を見下ろす形にできている。最近この形態の劇場が増えているように思う。わたしも特にダンスなどを見る時は、舞台が客席より低いのが好きだ。

メルケル首相はテレビで見るよりも若々しく、歩き方もぴちぴちしていて、表情が明るかった。この日の役割がいつものそれと比べて楽だったからかもしれない。彼女の挨拶の内容は、ドイツのペンクラブは、ドイツに亡命してきた作家がずっとドイツで安心して暮らせるように援助をしているということ、そして、そのプロジェクトには政府もお金を出したという話。これなら、ここに世界各国から集まってきた作家たちはみんな拍手喝采するに決まっている。社会保障を削るとか、税金を引き上げるという話をするわけではないのだから。しかし文化人に歓迎される話を実際ひとつでも持っているというのは、今の世の中では、結構すごいことなのかもしれない。

わたしは首相を上から見下ろしながら、初めて帝国議会議事堂の屋根に登った時のことを思い出した。議事堂は十九世紀末に建てられた威厳のある建物だが、第二次世界大戦後、議会としては使われていなかった。東西ドイツが統一されてから大規模な修復工事が始まり、建物の上に、透明なガラスでできた巨大なお椀をのせて完成。そのお椀の内側を螺旋状に走る階段は、見学者が自由に登り降りできるようになっている。この建物は実際に連邦議会本会議場として使われているにもかかわらず、誰でも中を見学し、屋根の階段を登り降りすることができる。国会議員たちが会議しているその頭の上を土足で歩いて行くのは初めはちょっと悪い気がしたが、そのうちそれが快感に変っていった。

日本にはかつて「お上」という言葉があり、この言葉が死語になった今も、政府の決定に自分が民主主義社会の一員として参加しているという実感が湧かず、「お上の言うことには逆らえない」という感じがまだどこか残っている。「お上」というのは文字通り「上」にあるものなのだろうが、議事堂の屋根の上を歩いていると、「下」になった議会に対して違った感じ方ができるようになるような気がしてくる。

サンテミリオン　Saint-Émilion

神田の古本屋をまわっていて偶然、モンテーニュの『エセー』を見つけた。それも岩波書店とみすず書房の二種類の翻訳書がたてつづけに眼に飛び込んできた。わたしはモンテーニュの霊にとりつかれていたらしい。

ちょうどその一ヶ月前、モンテーニュがこの膨大な書物を書いた塔を訪れた。ボルドーでのある週末、わたしが退屈しているだろうと気をきかせたBさんが、自分の友達のMさん夫妻に、わたしをサンテミリオンに連れていってくれないかと頼んでくれたらしい。わたしは別に退屈していたわけではないが、好奇心に動かされ、すぐに承知した。

Mさん夫妻は定年退職後、旅行などを楽しみに暮らしている。海外の文化にも興味があるので、わたしと遠足に出れば双方楽しいだろうとBさんが仲人心を出したらしい。

サンテミリオンはボルドーから車で一時間くらい離れたところにあり、ワインの町として有名だ。町に着くだいぶ前から窓の外はぶどう畑だけになった。ぶどうの苗の並ぶその道側の端には、赤い薔薇が植えてある。その赤がぶどうの葉の緑と対照をなして鮮やかに映える。「薔薇が奇麗ですね」と言うと、Mさんが、薔薇はぶどうにつく虫を早く発見するために植えてあるのだと教えてくれた。虫はまず薔薇をむしばみ枯らすので、薔薇を見ていれば、手遅れにならないうちにぶどうを助けることができるのだそうだ。

Bさんがいつか、ボルドーの旧家の贅沢は今でもシンプルで伝統的で、テーブルの上には無駄なものは一つもなく、極端な場合には、最高のワインと最高の薔薇の花だけしかない、と言っていたのを思い出した。

サンテミリオンの教会は、地下の岩を削って作った巨大なドームで、中に入ると岩の堅さと重さ、それを削った人間の忍耐力が嫌でも肌に迫ってくる。サラセン人に追われて洞窟に身を隠した僧たちとその後継者たちが何世代もかけて作ったそうだ。

暗くて涼しい地下の教会から眼もくらむ炎天下に出て、喉が渇いたので喫茶店に入って休息した。M夫人がコーヒーを飲みながらわたしに、どんなジャンルの本を書いているのかと尋ねた。Bさんから、わたしが本を書く人間だと聞いていたのだろう。わたしがいつものように困って、「詩のような小説や、戯曲のような詩や、エッセイなどいろいろです」と曖昧に答えると、今度はMさんの亭主の方が急に眼を輝かせて、「エッセイの元祖はなんと言ってもモンテーニュだ」と言いだし、モンテーニュが生まれた城館と、『エセー』を書いた塔が近くにあるから寄って帰ろう、ということになった。

モンテーニュの城に着いたのは夕方六時頃だろうか。敷地の緑は鳥や虫の声に包まれ、人影はない。塔はどっしり聳え、小さな窓が上の方に見えた。

モンテーニュは一五三三年、この城館で生まれた。家はワインなどを扱う豪商で、父親はボルドーの市長だったこともある。モンテーニュ自身も二十四歳で裁判官にまでなるが、父親が死ぬとすぐに職を離れ、書斎にひきこもって読書に浸る。しかし読書だけでは憂いが深まるばかりなので執筆にとりかかり、『エセー』の第一巻と二巻が生まれた。執筆活動のおかげか元気が出て、「ひきこもり」をやめてドイツやイタリアを旅行する。四十八歳で市長に選ばれ、その職務を終えてから『エセー』の第三巻を書く。数人の人生を一人で生きたようなものだ。

『エセー』には、日記の一節かと思われるような部分もあれば、手紙のようなところもある。歴史分析や社説のような文章もある。

モンテーニュは、人間というものは、「全身がくまなくつぎはぎだらけの、まだら模様の存在」だと書いている。寄木細工のような『エセー』の形式は、そんな人間観にぴったりで、十六世紀のポストモダンと呼べるかもしれない。

近くにプールがあると教えられ、早速でかけてみた。わたしは泳ぎは下手だが、花粉症と腰痛にこれほどよく効く薬はない。

カード形式の入場券を四ユーロで買って中に入るが、更衣室の戸はみんなしまっている。プールへ行く時まで辞書を持って行くのはやりすぎかと家を出る時は迷ったが、持って行ってよかった。辞書を引きながら説明を読むと、まずカードを機械に差し入れ、四桁の暗証番号を考えて打ち込むようにと書いてある。すると、「何番キャビンに行ってください」と表示が出て、そのキャビンの戸だけが自動的に開く。着替えて戸を閉めると、自動的に鍵が閉まる。これまで見た他の国々のプールのように、手首に鍵を付けて泳ぐのではない。鍵など初めからないのだ。泳ぎ終わったら、キャビン番号と暗証番号を打ち込めば、自動的に自分のキャビンが開く。

電子辞書などという高級なものを持っていかなかったことも幸いした。電子辞書をキャビンの中に置いて行ってもしキャビンが開かなくなったら、説明をもう一度読んだり、人に尋ねたりするのに辞書がいる。濡れた水着姿で分からない単語に囲まれるのも惨めではないか。プールサイドに置いて泳げば盗まれるかもしれないし、持って泳げば濡れて壊れるだろう。

わたしの持っているのは五百円くらいの紙製の小辞書なので、盗みたいなら盗んで、それを使って語学の勉強に励んでください、と開き直ってプールサイドに置きっぱなしにしたが、やはり盗む人はいなかった。

このプールに通い慣れたある日、行ってみると室内プールだったはずが突然野外プールに変身していた。それまで気がつかなかったが、気温が高くなると、巨大なガラスの壁と屋根が開いて、半分が野外プールになるしくみになっていたのだ。プールの真ん中では太陽が泳いでいた。

ボルドーⅢ　Bordeaux

ボルドーに滞在した二ヶ月間、ほとんどバスにも路面電車にも乗らないで、どこへ行くのにも大抵は歩いていった。歩いていて楽しいのは、通りの名前などを読みながら好きなところで立ち止まれることだ。

近所を散歩していて、「ゴヤ通り」という通りを見つけた。ゴヤがスペインの自由主義者弾圧を逃れ、一八二四年、七十八歳でボルドーに亡命し、四年後この地で亡くなったことを後で読んで知った。通りの名前は町の記憶装置になっている。

また別の日には、Aさんと散歩していて、「オディロン・ルドンの生家」という札を見つけた。目玉が翼をつけて飛んでいる彼の絵を数年前に見て以来、気になっていたが、思わぬ再会に驚かされた。

ルドンの生家はギャラリーになっていたので、Aさんと入ってみると、中はガレージを思わせるような展示空間になっている。女性が出てきて、展示作品の説明をしてくれた。二階は若いアーチストたちがアトリエとして使っていると言うが、見ていってください、とは言わない。美術でもお菓子工場でも作業現場を見学するのが何より好きなわたしが「二階は公開していないんですよねえ」と未練がましく言うと、「公開していません」というそっけない答えが返ってきた。わたしの心を察してAさんが「でも、この人は日本からわざわざ来た作家なんですよ。二階は本当に見学できないんですか」と食い下がった。すると相手は意外にあっさり承知してくれた。わたしは少し後ろめたくもあった。散歩していてふらっと入っただけで、「日本からわざわざ来た」というのは、どう考えても大げさだった。

ちょうど昼食時で、アトリエにはアーチストは一人しかいなかった。河馬の形をした青いアコーデオンを見せてくれた。楽器と動物の形を組み合わせるのが好きらしく、鶏の首の付いたバイオリンも壁に掛けてある。他のアーチストたちは留守だったが、できかけの作品が廊下から見えた。「漫画が多いですね」とAさんに言ってみた。「最近はそうよ」とAさんが答えた。

別の日、現代美術館にも行ってみたが、展示物にはやはり「漫画」が少なからずあった。日本ももちろん漫画は盛んだが、美術との境界線がこのように溶解している現象は見受けられないように思う。

ボルドー現代美術館の荘厳な建物は、ユーモアと軽やかさに溢れる展示物とは対照的だった。ここは昔は教会だったに違いないと思った。ところがこの建物が昔は香辛料を入れる倉庫だったことを後で偶然知った。

ボルドーと同じようにかつて港町だったところは、ハンブルグでも小樽でも今は使われなくなった倉庫が残っている。倉庫には胸をときめかせる何かがある。使われなくなった倉庫が展覧会場になったり、実験劇の舞台になったりするのも、日常を遮断し、遠くから来た物を運び入れ、熟成させる倉庫の雰囲気に、芸術と呼応するところがあるからかもしれない。

現代美術館が昔は香辛料の倉庫だったなら、いかにも教会という造りの映画館「ユートピア」は昔は何だったのだろうと思って訊いてみると、こちらは見かけ通り、本当に教会だったらしい。聖壇のあるべきところにイエスではなく映画のスクリーンがある。まるで映画がキリスト教に代わってフランスの宗教になったとでもいうように。

「ユートピア」でやっている映画は国際色豊かで、ハリウッド映画中心ではなく、フランス映画中心でもない。しかも吹き替えではなく、オリジナルの声をきかせて、フランス語字幕を付ける。これはこの映画館に限ったことではなく、フランス一般の傾向だそうで、ありがたいことだ。吹き替え映画は見やすいが、なんだか人に一度噛んでもらった物を食べているようで不満が残る。字幕の意味が分からなくても、いろいろな言語の飛び交うユートピアはわたしのお気に入りの場所だった。

八月
August

イサカ　Ithaca

イサカという町はアメリカのとんでもない奥地にあるように思っていたが、住所を見るとニューヨーク州に入っている。ニューヨーク州は小さそうで意外に変化に富んでいる。都会の中の都会とも言えるニューヨーク・シティもあれば、農村地帯もある。

航空券を買うために旅行社に電話して、「イサカまで飛びたいんですけれど」と言うと、「イサカに飛行場なんてありましたっけ」と言われてしまった。もしコーネル大学がなかったら、この町に行く縁もなかったかもしれない。この大学は面白い研究者がいるだけでなく、地形も面白い。キャンパスの端が峡谷になっていて、橋の上から見下ろすと、ずっと下の方に河が見える。

数年前初めて行った時は冬で、雪にうずもれた風景の中で、黒ずんだ樹木に縁取られた峡谷が怖いほど深く感じられた。長い冬の間には飛び込み自殺する学生もいるのだと聞いた。

二度目の訪問は夏で、景色は一変していた。坂の多い町は一面緑に覆われ、峡谷に沿って岩の道をのぼっていくと、町中なのに奥多摩のハイキングコースでも歩いているようだった。

ひどく暑い日が続いていた。半ズボンを穿いてゴム草履をひっかけた学生たちが、汗をかきながら坂を登って行く。

数週間前にこの町に来たBさんは、ゴミの捨て方をまちがえて近所の人にひどく叱られたと話してくれた。野菜ゴミだけを入れて肥料にする箱に、肉の入った料理の食べ残しが捨ててあったということで騒ぎになったらしい。

アメリカの政府や企業は世界の環境破壊に熱心に貢献しているが、個人レベルで見ると熱狂的環境保護者も多い。イサカは奴隷解放運動や女性解放運動などの先駆けとなった土地柄で、今では七〇年代にいろいろな「運動」の担い手だった人たちが大学教授などになって町の環境を守っている。それはいいことだが、大都市と違って目が行き届き過ぎて窮屈な面もある。

イサカはいわゆる観光地ではない。休みの日、庶民はどんなところへ遊びに行くのだろうと思って訊いてみると、大変人気のある滝があるという。早速Bさんといっしょに行っ

り、夜一人パイプを吸うのを楽しみにしているオルガン奏者のパイプに火薬をつめておいたり、もし今の日本で行われたら、「最近の子供はゲームばかりしているから人間としてどこか欠けている」などと言われそうな非人間的な悪事ばかりだ。二人は、最後に小麦粉を碾《ひ》く機械に入れられて、粉になってしまう。それを聞いても村の人たちは誰も悲しまなかった、という終わり方も徹底して冷たい。

この博物館に行く途中、実はわたし自身、いたずら小僧の罠にかかったような気分になっていた。駅で切符を買って地下鉄に乗り込むと、切符を点検する人たちがまわってきた。ドイツの駅には改札がないので、切符がなくても地下鉄に乗れる。ただし、調べられた時に切符をもっていなければ、どんな近距離でも六千円ほどの罰金を払わなければならない。ドイツでは地下鉄の切符を自動販売機で買うと、そこに時間の印刷されているものとされていないものがある。されていないものは買った切符を乗る前にプラットホームや車内にある機械にさし入れ、日時を入れる。そうすることで初めて切符が有効になるのだ。しかもシステムは町によって違う。

わたしは切符は買ったが、日時のスタンプが押してなかったので、罰金を払うように言われ、四十ユーロと太く印刷された振り込み用紙を手渡された。この町に住んでいないので日時を入れるのを忘れたのだと言うと、サービス・センターに電話して事情を話すように言われた。早速電話してみると、文書で異議申し立てするように言われた。結果はまだ分からないが、電話の声の調子から判断すると、多分大丈夫だろう。

リューネブルグ　Lüneburg

入場券の代わりに渡された小さな塩の紙の袋をつくづく眺めて思う。これが人間ひとり一日必要な塩の量だと言うが、随分少なく見える。わたしなら、このくらいはゆで卵一つにかけてしまいそうだ。

リューネブルグにある塩の博物館には前から行きたいと思っていた。今の時代は塩が余っていて値段も安いので、石油のように政治を動かすような重要性はなくなったが、中世には塩は地中海からわざわざ運んでこなければならなかったので、ドイツでは貴重品だった。だからリューネブルグで塩泉が見つかったことの意味は大きかった。しかもここで取れる塩は地中海の灰色がかった塩と違って、雪のように真っ白だったと言う。ここから陸路を通ってリューベックまで運ばれ、バルト海に面する国々に船で輸出された。

白い金と呼ばれた塩のおかげで十六世紀にリューネブルグの町は全盛期を迎え、今も旧市街は裕福さを感じさせる。

塩にまつわる伝説や迷信は多い。たとえば、ある猟師が真っ白ないのししを見つけて追っていくと塩泉が見つかったという伝説があるそうだ。わたしは白いいのししの夢をみたことがあったので、それを聞いて驚いた。

また、日本にも葬式から帰ってきて家に入る時、塩で清める習慣があるが、この地方でも昔は家の前に塩を十字架の形に盛って、悪い霊が入らないようにしたと言う。

塩を作るには塩を含んだ水を沸騰させ、水分を蒸発させるので、燃料として多量の木材が必要だった。そのため森の木を切り倒した跡にできたのが、有名なヒースの野、リューネブルガー・ハイデだと博物館の人が教えてくれた。それを聞いて、わたしがあまり大げさに驚いたので、その人は、「もちろんそれだけの理由で、あの美しい野ができたわけではありませんよ。ヒースが生育するにはそれなりの土壌や気候が必要なのです」とあわてて付け加えた。ドイツ国内だけでなく世界的に有名なリューネブルガー・ハイデが、単に森林伐採の結果とは思われたくなかったのだろう。

リューネブルグの近くには何人か、大きな馬小屋や納屋のある農家を買い取って、そこでコンサートやワークショップをやっているアーティストの知人が住んでいる。今回リューネブルグに寄ったのは、そこから三十キロほど離れたトスタグローペという村で行われた子供のための絵と音楽のワークショップの帰りだった。今年の参加者は七歳から十二歳までの十三人、一週間泊まりがけのプログラムだ。

「これまで見たことも聞いたこともない変な奴だけれども、コミュニケーションすることのできる相手」というのが今回のテーマで、そのような相手をまず絵に描いてみようと画家のJさんに言われ、子供たちは、竜のような生き物、マリモのような生き物など、自分だけのエイリアンを大きな画用紙に描く。「この生き物、どんな性格なの？」と訊くと、まるでさっき逢ってきたかのように詳しく話してくれる。

わたしの役割は日本語で書いた散文詩を音読してきかせることで、意味は教えない。一文ずつゆっくりはっきり読む。子供は、自分が聞きとった音を声に出してみる。もちろん誤解は大歓迎。その声に対して、今度は他の子供が楽器の即興演奏で応えるという形で、やりとりの輪を広げ、言葉と音のパフォーマンスを一週間かけて作っていく。

自分の理解できない言語に耳を澄ますのはとても難しい作業だが、文字にこだわらず、「アメリカン」を「メリケン」と書き記したような、繊細で果敢で好奇心に満ちた耳が、かつての日本にもあったはずだと思う。それができなければ、異質な響きをすべて拒否する排他的な耳になってしまい、世界は広がらない。創造的な活動は、まず解釈不可能な世界に耳を傾け続けるところから始まるのではないか、と改めて思った。

メットマン　Mettmann

メットマン市に友達の両親が暮らしているので遊びに行くと、「近所にネアンデルタール博物館があるから見に行ったら?」と言われた。ネアンデルタール人って、まさか歴史の教科書に出てきたあの原始人? 受験のために暗記した名前に現実で出会うはずはないと思っているわたしは、受験勉強というものを根っから信用していないらしい。

旧人の骨の発掘された場所「ネアンデルタール」の「タール」は谷という意味で、もしこの谷が詩人ネアンデルにちなんでこのように名付けられていなければ、「デュッセルタール」という名前で呼ばれ、旧人も「デュッセルタール人」という名前になっていただろう。そうすれば、それがデュッセルドルフの近くだろうという予想がとっくについていたかもしれない。

ネアンデルは十七世紀のブレーメン生まれの詩人で「ノイマン」というゲルマン名をラ

テン風にして「ネアンデル」と名乗り、この谷を散策しながら詩を書いたそうだ。ネアンデル谷に近づくと、あたりは急に深い緑に包まれ、雰囲気ががらりと変った。

博物館に入る。ネアンデルタール人の蠟人形が立っている。この濃密な表情を表すには、「皮肉」とか「憂い」という言葉では薄すぎる。目が合うと、呼吸がとまりそうになる。

蠟人形といってももちろん本人をモデルに作ったわけではなく、発掘された骨を元に再現したものだ。再現の仕方は時代とともに変っていく。一階は、これまでネアンデルタール人がどのような外見をしていたと考えられてきたかを見せる展示。実際はどうだったかという史実だけを追求するのではなく、どうだったと考えられてきたかというイメージの文化史が面白い。

ネアンデルタール人は長い間、短足で、上半身は筋肉もりもり、全身毛深く、脳が小さいと思われていた。最近の研究によれば、頭の悪さを強調するのは間違いで、下顎や喉頭の発達具合から見ると、言葉も巧みにしゃべっていたようだ。わたしとしては、彼らが使っていた言語の文法に一番興味があるが、残念ながら、録音機をタイムマシンで送りつけるわけにはいかない。

二十四年前、わたしがドイツに来た頃は、ドイツの博物館には、ゲーム感覚で楽しむ展示や大きなミュージアム・ショップはなかった。最近はそれが変ってきて、ここにも、ニユーロ硬貨を入れると、ネアンデルタール人にデフォルメされた自分の顔写真が出てくる機械が置いてあった。顔の下半分が猿のように膨らんで、鼻が横に広がり、額が張り出した顔。じっと見ていると、笑えそうで笑えない。

驚いたことに、翌朝、新聞を見ると、第一面にあのネアンデルタール人の写真がアップで出ていた。博物館入り口に立つ蠟人形だ。また目が合ってしまった。名付けようのない濃密な表情に再会し、わたしはうろたえる。今年の八月末が、発掘百五十年記念になるらしい。ちょうどダーウィンが『種の起原』を書いていた時代だったので、進化論の証拠として注目された。と言っても、ネアンデルタール人はわたしたちの直接の祖先ではなく、例えれば祖先の親戚だったらしい。

別の新聞には、進化論を信じている人は世界にどのくらいいるか、という記事が載っていた。日本は進化論を信じている人の割合が世界二位だが、たとえばアメリカなどはずっと少なく、聖書を信じて進化論を信じない人が増えていると書いてある。

デュッセルドルフの駅のプラットフォームに立って帰りの特急を待っていると、博物館にあったデフォルメ写真機のことを思い出した。なんだかあのデフォルメ・プログラムがわたしの網膜にインプットされてしまったようで、目の前を通り過ぎていく人たちの顔が次々と、無理なくネアンデルタール人の顔に変形されていく。わたしは進化論を疑ったことはあまりない。猿さえ迷惑でなければ、進化論で結構だ。

九月

September

Wrzesień

バーゼル　Basel

スイスのバーゼルには数年前に三ヶ月間滞在したことがあるので、今でもバーゼル駅を通過するだけで、いろいろな思い出がよみがえってくる。

バーゼル駅は三国にまたがる駅で、ドイツ側から入ると、まずドイツのバーゼル駅に停まり、それからスイスのバーゼル駅に停まる。そこで降りると、駅の中にフランスのバーゼル駅につながる通路と税関がある。

スイスは欧州連合に入っていない。ドイツから鉄道で入国すると、車内で旅券審査があることがある。その時にあわてて、現金を不用意に人目にさらしたために、列車を降りてすぐ、すりにハンドバッグをまるごとすられたこともある。現金だけ抜き取られ、パスポートや免許証やクレジットカードなどはすべてそのまま入ったハンドバッグが二日後に駅の紛失物係を通して郵便でうちに送られてきた。

スイスは安全な国だが、腕のいいすりがいる。多額の現金を持った人間が道を歩いている国なので、各国から腕利きのすりが集まってくるのだと、十年ほど前からスイスで暮らしているSさんが教えてくれた。Sさん自身、十年前にまだドイツのある大学の学生だった頃、スイスに来て、駅でボストンバッグを取られた苦い経験がある。現金は入っていなかったが、休暇中の友人宅の鍵を取られ、泊まるところがなくなってしまった。なぜジーパン姿の学生の汚いボストンバッグなど盗むのかと憤慨していると、スイス人の友達がこんなことを教えてくれたそうだ。

たとえばある人がドイツで八百屋をしているとする。少し傷んだ野菜があったら、それは購入後に破棄したと税務署に届け出て、実際には値下げして売り、売り上げは現金のまま家に隠しておく。ある程度たまったらボストンバッグにつめて、それを持たせた姪などを列車でチューリッヒに送り、スイス銀行の匿名口座に直接振り込ませる。そういうことがあるので、若い人の持つ汚いボストンバッグでも、盗む価値があるのだそうだ。ただし、この話の真偽は保証できない。

バーゼル滞在中、ドイツの文化施設から招待を受けて、朗読会をしに行くことになった。この話を仲介してくれたバーゼル文学ハウスのMさんが住所を見て、「バーゼル通りなら頑張れば歩いてもいけるから、遠足のつもりで歩いて行きましょう」と言い出した。

歩いて国境を越えた経験はまだなかったので、わたしもすぐに賛成した。

ところが国境を越えて、バーゼル通りに着くと、そこに文化施設はなかった。通りがかりの人に招待状を見せて聞いてみると、「ああ、これはグレンツァッハ市のバーゼル通りですよ。ここはロールラッハ市です」と言われた。バーゼル通りという名前の通りが国境近くにいくつもあることに気づくべきだった。

Mさんとあわててグレンツァッハ行きの電車の来るローカル線の駅に行ってみたが、電車はあと二時間は来ないと言う。タクシーを呼ぼうとして訊くと、この辺はタクシーはほとんどないからすぐには見つからないと言う。困った。Mさんは急に眼を輝かせて、「こうなったらヒッチハイクしかないわね」と言い出した。顔が十年、若返っている。大通りに戻って、二人で親指を道に突き出す。乗用車は意外に停まってくれない。やっと停まってくれたのは小型トラックで、サングラスをかけた無口な男女が乗っていた。行き先を告げると黙ってうなずいて走り出した。途中、話はしなかった。後ろの荷台に鳥や動物の入った木箱をたくさん積んでいるらしく、がたがたいう音の間から、時々聞いたことのないような鳴き声がしていた。

あの時は朗読会に間に合ったことが嬉しくて、他のことまで考える余裕はなかったが、あの二人はどんな人たちだったのだろう。

ベルン　Bern

ベルンの文学フェスティバルに行った。旧市街の石畳の狭い通りに椅子を並べて小さな舞台を作り、午後そこに一時間交代で作家が来て自作朗読するということで、わたしの出番は五時からだったが、四時に行ってみた。もうだいぶ人が集まっていて、ベルンの女性作家Zさんが司会者と舞台の袖で打ち合わせをしている。その時、にわか雨が降り出した。集まってきていた人たちは向かいのブティックや時計屋の張り出し屋根の下に入った。司会者の人が何か言うと、みんなゆっくり大通りの方へ移動し始めた。わたしもそれに従った。くやしいけれどもドイツ語のベルン方言はほとんど聞き取れない。

朗読会はコルンハウスというところで行われることになった。Zさんは何年も海外に住んでいただけあって、「会場に方言の分からない人がいらっしゃいましたら、標準ドイツ語で話しますが」と初めに断った。七十人ほど人が入っていたが、方言が分からないのはわたしだけだった。

ドイツ語圏のスイス人は、本を書くのも読むのももちろん標準ドイツ語だが、普段の会話は方言だ。ドイツにも方言はあるが日常生活の場でしか使われない。ところがスイスの方言は、大学教授同士の会話でも、テレビの文化番組の中でも、取引の場でも使われる。「ドイツ人で、ベルン方言を習得できた人っているんですか」と訊いてみると、Zさんはにやっとして、隣の家にハンブルグから越して来た人は、方言集中講座に三回も挑戦したけれど挫折した、と教えてくれた。

英語もフランス語も上手な人だと言うから、語学が不得意なわけではない。「方言は、外部から見るとどうしても解けない暗号みたいに見えるものかも」とZさんは言う。「どうしてスイスの人は話すのが遅いの?」「そうしないとベルンの人がついていけないから」というジョークがあるくらい、ベルンの人はテンポが遅いと思われているが、フェスティバルでは、ラップ調の詩を信じられないほどのスピードで朗読する若い詩人たちもいた。

ベルンではちょうど、メレット・オッペンハイムの回顧展が開かれていた。オッペンハイムは、一九一三年ベルリン生まれだが、母親の出身地であるスイスに子供の頃から親しみ、三十代で知り合った事業家と結婚してベルンに移り住む。それから思うように作品の生み出せないつらい時代が続くが、四十代で立ち直り、ベルンのアトリエで創作に励む。

美術館に行く途中の広場に彼女の作品『泉』が立っていた。長さ八メートルの柱をトーテムポールのように立てたオブジェで、丸太のように肌がつるつるしている箇所もあれば、鉱物のようなものが増殖しているように見える部分もある。螺旋状に途切れ途切れの筋が浮き出していて、それを目で追っていくと、上には苔や草に覆われた頭があり、そこから水がしたたり落ちてくる。ビデオにおさめたいと思ったのだが、その日は集会でもあるのか、『泉』のまわりに旗を持ったイスラム教徒たちが集まっていたので、ビデオ撮影は諦めて、美術館に入った。

初めて見たオッペンハイムの作品は、毛皮に包まれたコーヒーカップとスプーンと受け皿、あの有名な『毛皮の朝食』だ。事物と動物と人間の間の境界線が溶けてしまったかのようなこの作品が作られたのは一九三六年で、医者だった父親がユダヤ名のため営業を続けられなくなったので、彼女はアクセサリーを作って売ってお金を稼ぐようになった。ある日、金属に毛皮を付けた腕輪をして、ピカソとコーヒーを飲んでいると、ピカソが「どんなものにでも毛皮を着せることができるよね」と言い、オッペンハイムが、「そうね、このお皿もカップも」と答えたというエピソードが残っている。

バーデンバーデン　Baden-Baden

Gさんがバーデンバーデンに引越したというので、スイスに行った帰りに寄ってみた。Gさんはこれまでずっとスイス国境に近いフライブルグに住み、特急で毎朝バーデンバーデンの放送局まで通勤していたが、もう通勤には疲れたので引越したということだった。フライブルグが昔からの大学都市で文化的水準が高いのに対して、バーデンバーデンは温泉と賭博の町、本当は引越したくなかったのだけれどと言う。

わたしはバーデンバーデンと言えば、かつて愛読したドストエフスキーが十九世紀半ばにここの賭博場で負けて大変な借金を作ったことをまず思い出す。Gさんの話によれば、ドストエフスキーはここのルーレット場でツルゲーネフに逢い、すでにツルゲーネフに借金があったので、返すお金を稼ぐつもりで賭けて更に負けて、借金を増やしてしまったらしい。

町の中心にある地下駐車場に車を停めながらGさんが、「賭博で巨大な借金を作って、この駐車場でピストル自殺した人がいた」と教えてくれた。

ルーレット台のまわりには、背広姿の男たち、ひらひらしたドレスを着た女たちが集まり、子供のおもちゃのようなプラスチック製の硬貨を数字の上に熱心に積んでいた。初めはのんびりした雰囲気が漂っているが、ルーレット盤が回り始めると、それが変っていく。現金は直接賭けられないので、あわてて現金を両替してもらっている人がいる。玉の回転のスピードが落ち、「もう賭けないでください」と言われてから、せき立てられるように十万円以上も賭ける人がいる。ぎりぎりのところで大金を賭けてしまう指先はかすかに震えている。本人はその瞬間、エクスタシーに近い何かを感じているのかもしれない。それでなければ、九割九分以上は損するに決まっているのに賭けるはずがない。

わたしとGさんは賭けは苦手で、大金が当たらないのは誰でも同じだろうが、賭ける時に「絶対に当たらない」という気持ちばかりが鬱々とこみあげてきて気が塞いでしまう。たとえ負けても心が一瞬希望に輝くならばお金を使う意味もあるだろうが、わたしたちの場合はわざわざ嫌な気分になるために賭けるようなもので、そのくらいなら温泉に入った方がまだましだということになって、賭博場は十ユーロ負けたところで早々に切り上げた。ドストエフスキーの頃とほとんど変っていないというこの建物の中の雰囲気を味わえたので、わたしにとっては十ユーロは安かったとも言える。

フリードリッヒスバートには、いろいろな温度の湯、サウナなどがあり、壁に書かれた順番通りにそれぞれの湯に十分から十五分くらいずつ入っていき、最後に休憩用のベッドで休めば疲れがとれるという三時間のコースだ。姿勢のいい白衣の女性たちの指示に従って順番通りに入っていくと病気の治療に来たようで、だらだらした温泉気分は味わえない。Gさんが「日本人観光客には、指示を無視して、一番熱いお湯にだけ長々と浸って、帰ってしまう人が多い」と笑いながら教えてくれた。

温泉と言っても、美術館を思わせる天井の高い立派な建築なので、その中を真っ裸で歩いていくと、なんだかヌーディストがハプニングでも企てているようで落ち着かない。しかも男女混浴。身体を乾かすところではタオルを貸してくれるし、シャワーを浴びるところには液状石鹸もあり、最後には保湿クリームも使い放題だが、持ち物もなく全裸で過ごす時間というのは、旅人にとっては不安なものである。禁断の実を食べる前のアダムとイヴの気分になれということか。

外に出ると、保養地独特のけだるさが漂い、けばけばしい小物やアクセサリーを並べたショーウインドウの前に椅子を出して、高級娼婦風の店員が煙草を吸っていた。

マンハイム Mannheim

マンハイムに着くと、もう夜の十時を過ぎていた。ドイツの南西にあるバーデンバーデンから北東のベルリンに帰るには、この町で乗り換えるのだが、マンハイムに着くとその日はもうベルリン行きの列車はなかったので、一泊することにした。

駅から出ると、大粒の雨がぽちぽちと降っていた。駅の近くで泊まるところを捜そうと思って歩き出すと、ごろごろと遠くから重い鉄輪のころがってくるような音がして、ビルの背後の空に稲妻が光った。どこが歩道でどこが車道なのか、どこを歩いていても轢かれそうな、工事現場のような駅前。ほとんど通行人もいない。そのまま大通りをまっすぐ歩いて行って、横道に入れば、あまり高くないペンションがあるだろうと思った。このくらいの規模の町なら、どこでもそうだ。

知らない人に声をかけられた。宿が決まっていないという弱みを見透かされたようで、いい気持ちはしなかった。きょろきょろしないようにして先を急いだ。

あった。「ペンション」と書いてある。どうやら二階が受付らしい。ベルを押すと、インターフォンから「はい、なんですか」としわがれた女性の声がした。不機嫌そうだ。「空き部屋ありますか。」「いいえ、ありません。」わたしはむっとした。仕事するのが面倒くさいから、そう言っているだけではないのか。いったいこんな町に泊まる人がそんなにいるのか。

マンハイムは観光地ではない。用がなければ誰も行かない。わたしは半年ほど前にここの大学に講演に来て、町の印象を書き留めようとしたが、書くことがなかった。それほど特徴のつかみにくい町なのだ。この町の見所は、と学生に訊いてみたが、「さあねえ。ローゼンガルテン（薔薇の庭）には薔薇は一本もないし、給水塔は悪くないけれど、まだ入ったことないし」という情けない答え。

よく思い出してみれば、このあたりにはもう十五回以上も来たことがある。二十年前に詩集を出した時、橋の向こうのルートヴィヒスハーフェンにあるギャラリーで朗読した。同じ町にある会社BASFで日本語を教えたこともある。近くのノイシュタット・アン・デア・ワインシュトラッセ（ブドウ街道新町）には二週間滞在した。グリューンシュタットでは朗読会、ランダウでは展覧会に参加したこともある。ハイデルベルクもここからすぐだ。しかし、これらの町をまとめて呼ぶ言葉がない。マンハイムはバーデン・ヴュルテンベルク州、川向こうのルートヴィヒスハーフェンはラインラント・プファルツ州に属する。バイエルン州やヘッセン州との境界も迫っていて、ドイツ国内の四つの文化が出会う場所とも言える。この境界地方をまとめて指す言葉はないのかとずっと探していて、去年ルートヴィヒスハーフェンで「ライン・ネッカー三角地帯」という言葉を見つけた。わたしは喜んでこの名を胸に納めていたが、なかなか使う機会がなかった。

だから前回マンハイムで「この町は初めてですか」と訊かれた時には、はりきって「はい、でもライン・ネッカー三角地帯にはもう何度も来ました」と答えた。質問した人は年配の男性で、わたしの答えを聞いて驚いて、「いやあ、あなたの口からそんな言葉を聞くとは思いませんでした」と言った。何かと思えば、この地方は文化や行政の境界を越えて、一つの工業地帯として発展しているのだからそのイメージを広げるためには名称が必要だということで、かつて企業が「ライン・ネッカー三角地帯」という言葉を造り出して広めようとしたが、まったく広まらなかったそうだ。

プファルツのワイン、バイエルンの伝統、シュヴァーベン人の性格、などという具合に、人は文化の区分で自分の住んでいる土地をイメージするのだろう。忘れられた造語を拾い上げたのが、旅人のわたしだけとは皮肉なものだ。

アウシュヴィッツ Auschwitz

九月にしては強い日差しを浴びて、錆びた線路が一直線に続いている。雑草は生えているが、線路を覆い隠すほどの勢いはなく、何者かの力で抑制され整備されている。敷地全体に息を押し殺したような雰囲気がある。敷地面積は膨大で、高圧線の張り巡らされた囲いの外にある森が、はるか遠くに見える。

門の近くには、バラックが六十年前のまま立っている。中は薄暗く、牛舎を思わせる。真ん中にずらりと二列に並んだむき出しの穴はトイレらしい。ここでしばらく寝起きした人たちもいれば、着いてすぐ殺された人たちもいると書いてある。送られてきた時は東方に移住させられただけだと思っていたそうで、到着直後の写真の中では旅行者のように笑っている。

敷地の奥には、煉瓦造りの半分地下に埋まった建物が大地震の後のように崩れている。

壊れているのは、ナチスが証拠隠滅のために土壇場になって破壊しようとしたためらしい。

ここビルケナウでは、一日に千人以上の人が殺された。一九四〇年に完成されてから一九四五年にソ連軍に解放されるまで休みなく大量殺人が行われ、死者総数は百数十万人を越えると言われている。死者の数を挙げる自分自身に納得できないものを感じるのは、死者を数として捉える視線そのものに、死なないですむ者の傲りが感じられるからかもしれない。数も大切だが、悲惨さは数値を上回ったところにある。

ユダヤ人作家エリ・ヴィーゼルは、アウシュヴィッツを「死の工場」と呼んだが、収容所はどこか大量生産の工場を思い出させる。

大量に処理するには、まず個々の独自性を奪って、数えることができるものに変えてしまわなければならない。ビルケナウから二キロほど離れたところにあるアウシュヴィッツには、到着したユダヤ人たちから没収されたトランク、靴、切り取られた髪の毛などの山が展示されている。つまり、殺戮の第一歩は個人であることをやめさせることで、その儀式の一つが髪の毛を剃り、靴を取り上げることだった。

靴の山は時間がたってみんな似た色に変色してしまっているが、よく見ると一つとして同じ靴はない。「靴の展示は間接的すぎて残酷さが実感できない」という感想を書き残していった日本人訪問者がいた。

なるほど日本には男子全員が坊主刈りを強制される学校もあるし、自分の靴を脱いでみんな同じスリッパを履かなければならない場所はたくさんある。

死刑囚が執行日に、「スリッパで死ぬのは嫌だ、俺のブーツを返せ」と叫ぶアメリカ映画の一シーンを思い出した。それから、重い病で足が腫れてスリッパしか履けなくなってからも、無理に自分の靴を履こうとしたあるドイツ人の真剣な表情も思い出した。

日本には髪の毛や靴とは関係ない「個人」があると考えるべきなのか、それとも日本には戦後も、個人を尊重しない風潮がそのまま残っていて、また全体主義に侵される危険が大きいということなのか。

毒ガスを作るのに使われたと言われる物質を取引した手紙も展示されている。工業化された大量殺人には化学物質と、それを生産販売する会社が必要だったことは確かで、人は科学技術の発達への陶酔と、経済的利潤のもたらす優越感に酔って、それが殺人であることを忘れることができたらしい。

イラク戦争に使われた武器の種類などを嬉しそうにくわしく解説する人が時々いるが、その目の輝きを見ていると、危ないものを感じる。アルカイダやオウムの活動を見ても、科学技術そのものへの陶酔が一役買っている。陶酔ではなく、麻酔と呼んだ方がいいかもしれない。

当時ドイツと手を組んで戦争していた国の出身者として、アウシュヴィッツへの旅は本当に気が重かった。

十月

Październik

Oktober

クラクフ　Kraków

中央市場広場に着いたのは、土曜日の夕方だった。旧市街の中心にあるこの広場の、そのまた中心に、「織物会館」と呼ばれる横長の宮殿風の建物が建っている。広場のまわりには、レストランやカフェが並び、あいているテーブルを見つけるのが難しいほど賑わっている。

街灯のうなじはしだれ桜のように美しい曲線を描いているが、その明かりはガス灯のように謙虚で、数歩離れるともう暗い。そんな闇の中から突然のように、前輪が大きく後輪が小さい百年前の自転車に乗った男が現れる。これも大道芸の一つなのだろうか。道端には全身に金粉を塗った男が銅像のように微動もせずに立っていて、道に置かれた帽子に子供が硬貨を投げ込むと、からくり人形のようにお辞儀をした。少し離れたところで、アコーデオンでヴィヴァルディーを弾く三人の音楽家たちの指は動きが速すぎて宙に溶けていった。古ぼけたカセットレコーダーから流れるラップ音楽に合わせて、地面で逆立ち歩きをしたり、とんぼ返りをしたりしながら踊っている少年たちもいる。広場にはポーランド語の響きが溢れ、時にはドイツ語、英語、フィンランド語なども通り過ぎていく。「クラクフはポーランドで一番奇麗な町だ」とこれまで何度も聞かされてきたが、それはフランスやイタリアの美しい町が美しいのと同じ意味で美しいのだということなのだと納得した。モスクワやソフィアのように、桁外れなところや不協和音的なところもあった方がわたしの好みではある。

この旅では、いっしょにいたのが日本人の演劇人たちだったので、コーヒーを飲みながらも、視線は織物会館の隣に建つ旧市庁舎の外壁に貼られた劇場のポスターに自然とひきつけられていった。地下に続く入り口が見える。時々そわそわとその階段を降りて行く人がいる。ついに我慢できなくなって、コーヒーの代金を払うと、わたしたちもその階段を降りて行った。

どう見ても昔は地下牢だったに違いないが、今は落ち着いた感じのレストランになっていて客が数人ワインを飲んでいる。

劇場が見つからなかったので、がっかりして出ようとしたが、念のためにレストランのコート預かり所の女性に訊いてみると、劇場は奥にあると言う。レストランの中を通って

ワルシャワ　Warszawa

夜、列車でワルシャワ駅に着くと、ライトアップされた巨大な「文化科学宮殿」が駅前に聳えていた。

この宮殿はスターリンのポーランドへの贈り物だったそうで、桁外れに大きく、まわりの建物と調和していない。昔ポーランド・ジョーク集で「ワルシャワで一番美しい眺めは文化科学宮殿から見た眺め。なぜならこの宮殿を見ないですむから」というような話を読んだことがある。

十七年前、シベリア鉄道に百六十時間も揺られてやっとモスクワに着いて、そこから更に一晩列車に乗ってワルシャワに着いた日のことを思い出した。

ポーランドは冷戦中もビザさえ取れれば比較的自由に旅行できたので、当時、早稲田大学露文科の学生だったわたしは、手紙で予約したユースホステルに泊まるつもりでいたが、行ってみるとその住所には工事中で閉鎖された建物があるだけだった。困ってベンチにすわってぼんやりしていると、いろいろな人が寄って来て、どうしたのかと訊いてくれた。事情を話すと、うちに泊まればいいと言って、何人かが住所をくれた。知らない人の家に泊めてもらっていいものか分からなかったので、結局は安宿を教えてもらってそこに泊まることにしたのだが、その時に住所をくれた人たちとは文通を続け、その後日本人の友達が何人かポーランドへ行ったが、それぞれその人たちの家に泊めてもらって、とても歓迎された。

今では安い個人経営のホテルが町にいくつもできていて泊まるところには困らない。当時は中に入れなかったので、ただ威圧的に見えた文化科学宮殿も、今はみんなの楽しめる施設になっている。建物の中に入ると、アールデコやらバウハウスやらを思わせる洒落た空間が無数にあり、三十階までエレベーターで登って、ケーキを食べ、コーヒーを飲みながらワルシャワの町を眺めるのも悪くなかった。スモッグにくすんだビル群の向こうに、煉瓦色の旧市街が見えた。

その日は入り口に、「時間旅行展」と漢字で書かれたポスターが貼ってあった。「時間旅行」という日本語は悪くないと思った。わたしだって道中は昔のことをよく思い出すから、空間を旅行しながら、いつも時間を旅行しているようなものだ。

宮殿を出て、旧市街の方向に歩いて行く。ワルシャワは道路の幅が広く、車も人も多く、クラクフと違って歩いているだけで疲れる。少し行って、大学のキャンパスに入って休んだ。花壇に咲き乱れる花と煉瓦作りの校舎の間で、お洒落な学生たちが談笑している。その奥には事務所の入り口らしきものがあり、外国人留学生が二十人ほど立って英語でおしゃべりしていた。どうやら何かの手続きをするために順番を待っているようだ。夏のポーランド語講座だろうか。

わたしも実は一九八〇年頃、ワルシャワに留学するつもりでいたことがあったが、政情が不安定でその年は奨学生の募集がなくなったことを思い出した。もしあの時、この国に留学していたら、自分の人生は全く違うものになっていたんだろうか、それとも結局は似たようなものになっていたのだろうか、などと考えながら、そこにいる大学生たちを見ていると、胸がどきどきしてきた。

町を歩いていると、驚くほどたくさん劇場があった。出し物は、シェイクスピア、ベケット、ブレヒト、ゴンブロヴィッチその他わたしの知らない古今東西の作家たちの作品で、日本の現代劇の客演ポスターもあった。どうやら演劇文化は大変盛んであるようだった。

ポーランドが欧州連合に入ったのは二〇〇四年のことで、通貨ももうすぐユーロになる。ベルリンには「ポーランドの失敗者」という面白い名前の、人気のあるイベント・スペースがあるが、自らを失敗者と呼びそれを逆手に取るしたたかさとユーモアがあれば、結局は失敗などしないのだろう。

トロムセ　Tromsø

オスローから更に北へ一時間四十分。「あと約十分でトロムセに着きます」と機内放送があったが、窓から下をのぞくと、頭の白い千の岩山が北海の波のように地平線まで続いているのが見えるだけで、町も畑もない。空にミカンのようなものが一つ浮かんでいるが、あれは早めに出た月なのか、それとも凍りついた夕日なのか。

以前ロフォーテン諸島に行ったことがあるが、トロムセはそれより更に北に位置し、北極探検隊がここから出発したというほど北極に接近した小さな町だ。

飛行場に迎えに来てくれたSさんは、町を案内してくれて、「これは、世界で一番北にある大学です」とか、「これは世界で一番北にあるカトリック教会です」とか、「これは世界で一番北にあるプロテスタント教会です」とか教えてくれるが、枕詞はすべて「世界で一番北にある」だ。

今年は例外的に暖かい十月の北ドイツから、薄いコート一枚で出て来てしまって後悔した。まだ夕方なのに、港の近くを歩いていると水たまりが凍っていて、滑ってころびそうになる。町を囲む山々の中でも背の高い山は、すっぽり雪をかぶっている。空気がピンと澄んで、斜面に建つ家々に電気がつき始めると、それがガラスのような水面に反射して、透明な寂しさを感じさせた。

今回のトロムセ文学フェスティバルは「日本」がテーマで、アイヌ文化の紹介もあった。トロムセ付近にはアイヌの文化とのつながりがあると言われている少数民族サーメー人たちが住んでいる。

去年のトロンヘイム国際フェスティバルの時に散文詩などをノルウェー語に訳してもらったおかげで、わたしも幸運にも招待された。

オープニング・コンサートが終わって外に出ると、光のヴェールのようなものが夜空にひるがえった。おやっと思うともう消えている。と、また現れる。まるで夜空という窓の縁で、巨大なレースのカーテンが踊っているようだ。しかも、そのカーテンは時々、どこかに消えてしまう。白い息を吐きながら驚いて空を見上げているわたしを見て、主催者の一人であるHさんが嬉しそうに、「オーロラを見るのは初めてですか」と訊いた。これが噂に聞いていたオーロラというものか、とわたしはびっくりした。写真でしか見たことがなかったので、このように空を漂い、消えたり現れたりする動きのあるものとは知らなかった。いつでも見えるものではないそうで、本当に運がよかった。

以前ロフォーテン諸島に行った時には、海岸に魚がたくさん干してあったのが印象的だった。ここでは、金曜日には肉を食べないポルトガルやスペインなどカトリックの国に輸出するために昔から干物を作っているが、自分たちは新鮮な魚しか食べない、という話をその時は聞いた。ところが最近は干物を食べることが静かな流行となってきたそうなので、わたしも町中のポルトガル・レストランで食べてみた。タラのような魚で、もどしてからタマネギやトマトといっしょに炒めてあった。悪くはなかったが、急に鯵《あじ》のひらきが懐かしくなった。

翌日わたしたち日本人参加者は、ある若いノルウェー詩人の叔母さん夫婦の家庭で、夕食をごちそうになった。出た料理はとても美味しかったが、ノルウェー料理ではなく、フランス料理だった。「そこがノルウェーらしいでしょ」と言って、料理してくれた夫のCさんは笑っていた。

彼は若い頃、一年ドイツに留学したことがあるそうで、外国に出て一番勉強になったのは、ノルウェーが国際的に見ると小国だと知ったことだと言う。北海に面した広大な海岸線のおかげで地下資源に恵まれているせいか、欧州連合にも入らずユーロも導入しないでやっていける国なので、それほど外に目がいかないのかもしれない。

ダルムシュタット　Darmstadt

ダルムは腸という意味だから、ダルムシュタットと言ったら、「腸の町」ということになってしまう。語源的には多分関係ないのだろうが、わたしはすぐそういうことを考えてしまう。

フランクフルトから急行に乗れば十五分で行けるこの町は、第二次世界大戦中に爆撃を受け、戦後はとにかく早く住居を確保しようということで急いで建てられた建物が多いので、駅を降りてもとりあえず旅人の目をひきつけるものは何もないが、マティルデンホーエと呼ばれる地区まで行くと、ふいに不思議な世界が目の前に現れる。

趣向を凝らしたアールヌーボーの建物が並び、歩道の敷石までもが、色の微妙に違った石を切り子細工のように並べてあるという凝り様。

小さな丘の上には、金色のたまねぎ屋根をのせたロシア教会が聳えている。この教会はロシア皇帝ニコライ二世がダルムシュタットの公女アレクサンドラと結婚した時に建てたものだ、と駅にわたしたちを迎えに来てくれたRさんが教えてくれた。

アールヌーボー、ドイツ式に言えばユーゲントシュティールの家は十九世紀末にエルンスト・ルートヴィッヒ侯が七軒建てさせたのがきっかけになって、そのまわりに次々できていったのだそうだ。アールヌーボーの建物は結構どの町にもあるものだが、大抵はぽつりと一軒どこかに建っているのを、わざわざ出かけて行って見学するのが普通だ。この地区では、どれもこれもアールヌーボー。もちろん形は一つ一つ違っていて、それぞれが夢みる曲線を遊んでいるが、とめどもなく柔らかい感じではなく、どこかドグマ的な体系につながっていってしまいそうな不気味な芽をわたしは感じてしまう。

ドイツ文学基金は、そんな建物の一階に事務所を持っている。この日は、年一度の「博物館の長い夜」と呼ばれる日で、町中の美術館や博物館やその他文化施設が夜中に開館していて、十二ユーロの通し券さえ買えば、どこにでも自由に入ることができる。展覧会だけでなく、コンサートをやっているところもある。わたしとピアニストのAさんは、ドイツ文学基金の建物で、夜の九時、十時半、十二時の三回、三十分ずつ音楽と朗読のパフォーマンスを披露した。

夜中の十二時に来る客がいるのかと初めは心配していたが、ちゃんとお客は入った。十時頃にわたしたちも町を歩いてみた。秋にしては暖かい宵だった。美術館の前には人が集まっているし、道を歩けばたくさんの人とすれ違うが、町は静かである。焼きソーセージを売る屋台が出ているわけではないし、スピーカーから音楽を流したりもしない。場所によってはワインが飲めるようになっているが、飲んで騒ぐお祭りではなく、それぞれが静かに夜の町を味わっていた。

夜の美術館に入ってみたいという願いは誰でも子供の時に一度は持ったことがあるのではないだろうか。夜、人間たちがいなくなると彫刻や肖像が急に生き生きしてきて、美術空間は魔術空間に変化するに違いない。メトロポリタン美術館で夜を過ごすことになる子供の話、『クローディアの秘密』という本を昔読んだことを思いだした。

ドイツ文学基金と同じ建物の二階に事務所を置くドイツ言語と詩のアカデミーは、「ビュヒナー賞」というドイツ最高と言われる文学賞を出しているが、今年の授賞式がもうすぐで、入り口にポスターが貼ってあった。今年の受賞者はオスカー・パスチオ。彼のことは拙著『エクソフォニー』にも書いたが、受賞のニュースにはわたしも胸を躍らせた。パスチオはルーマニアからの移民で、彼の詩を聞いていると、複数言語の百科事典がオーケストラ曲になって聞こえてくるような気がする。しかし、博識を誇るところは少しもなく、逆に知が権力に結びつくことを嫌い、何ものにも縛られないユーモアの力で、妥協しない批判精神を保ち続ける詩人だと思う。

十一月

November

Novembris

ヴォルフスブルグ Wolfsburg

ヴォルフスブルグの駅を降りたのは何年ぶりだろう。駅と隣り合わせにある「フェノ」は面白いという噂を聞いていたので入ってみる。広い空間にさまざまなオブジェや機械が置いてあり、小学生の集団も、白髪の夫婦も、理系風眼鏡の男も、ヒッピーくずれの女も、それぞれ夢中で「遊んで」いる。

見学順路などはないので、偶然目についたオブジェに近づいてみる。手のひらくらいの大きさの白い薄い円盤が棒の先に固定してあり、円盤に正面から白い光が当たっている。ボタンを押すと円盤が回転し、白い光が分解して、オレンジ色、青色、紫色などが次々見える。「この白く見える光は、これらの色から構成されているのです」という説明書きがあって、一応理科の実験のような形を取っているのだが、そのオブジェは大変美しく、いつまでも見ていたくなる。作った人は科学者ではなくアーチストだと書いてある。物理と美術の境界線は取り払っていいのかもしれない。高校生の頃「物理は苦手で、美術は好き」だと思い込んでいたわたしは損をした。

フェノの隣にはフォルクスワーゲン社の巨大な敷地がひろがり、中に「車の町」という一種の遊園地がある。

わたしが初めてヴォルフスブルグに来たのは、町の高校の先生たちの主催した文学フェスティバルに参加した時だった。お父さんがフォルクスワーゲンに関係ない仕事をしている子がクラスに一人くらいしかいないという学校だが、先生たちは社会に批判的で、しかも文学好きで、予算がないのにフェスティバルを企画したため、ホテル代が出せず、養老院の空き部屋に寝てください、ということになった。有名で年配の作家の中には、あからさまに機嫌をそこねた人もいた。その養老院を経営しているのはある牧師さんの奥さんで、夫婦揃ってすばらしい人だという噂だった。泊まった部屋は悪くなかったし、近くの森に散歩に行ったりして、わたしは結構楽しかった。

ところがそれからしばらくして、ある牧師さんがヴォルフスブルグで殺人罪で捕まったというニュースが新聞に載った。近くの森の中に死体が埋まっているのが発見され、森のその場所にしか棲息しない特殊な蟻の死体が牧師の長靴についていた泥に混ざっていたそうだ。いっしょにフェスティバルに参加していた作家が電話してきて、捕まったのはどうやらあの時の牧師さんらしい、と教えてくれた。

もう一つ忘れられない思い出は、この町の美術館で日本人写真家Aさんの展覧会が行われていた時のこと。「子供も自由に入れるような美術館で、縄に縛られた裸の女性の写真を何枚も展示するとは何事か」と母親たちが抗議した。館長はいろいろな分野の人を呼んでこの問題について座談会を開くことにし、わたしも招待されて行った。わたしは確か、「裸はかまわないけれど、その隣に扇子とか絹の派手なキモノとかが落ちているのはオリエンタリズムではないのか。女の身体をそういうことに使ってほしくない」というような発言をした。

座談会で一番傑作だったのは、ハンブルグの娼婦街でソーシャルワーカーとして働いているDさんの意見だった。彼女自身が元は家出少女で、その世界で苦労してきただけある。「こんなふしだらな展覧会はわが町ではなくベルリンかどこかでやってほしい」というあるお母さんの意見に対して、Dさんは「売春問題でわたしのところに相談に来る少女の中にはヴォルフスブルグ出身の子はたくさんいますけれど、ベルリン出身の子なんて一人もいませんよ。それは、この町でこういう展覧会が行われないからじゃないんですか」と答えたのだ。

当時この美術館は、なかなか意欲的、ほとんど挑発的と言っていいくらいで、その翌年には人間の糞尿を使ったアーチストの作品を展示して、また良き市民の顰蹙《ひんしゅく》を買っていたようだ。

リガ　Riga

バルト諸国を訪れるのは今回が初めてだった。飛行機が綿菓子のような雲の層を抜けて下界に出ると、秋の色に染まった森の広がる平坦な土地が見えた。山どころか、丘ほどの起伏さえ見当たらない。

飛行場から街へ向かう途中、葉を金色に染めた白樺の間に木造の家が間隔をあけて建っていた。元は濃かったのかもしれない塗装のブルーやピンクがいい具合に色あせている。職人が数人、屋根をなおしている家もあったし、まだ壊れたままで人の住んでいない家もあった。

途中大きな河があったので、「なんと言う川ですか」と運転手に訊くと、返ってきた答えが「ダウ川」と聞こえた。日本語のようなので驚いたが、あとで他の人に訊いて確かめると、この川は本当に「ダウガヴァ」というのだそうだ。

旧市街に入ると、教会も商館もホテルもすべて見事に修復してある。まずは観光の要になる旧市街から修復されていくのだろう。

リガには十二世紀にドイツ人たちがやってきて、ハンザ同盟の町として栄えた。それからポーランド、スウェーデン、ロシアなどの国が次々のしてきて随分苦労したようだ。わたしの頭の中では、ラトビアという国はずっとソビエト連邦の一部だったが、一九九一年に独立してからどんな風になったのか、よく知らないまま来てしまった。たとえば、独立後、首都のリガから何十万人ものロシア人が去ったと聞いていたが、町を歩いているとロシア語がたくさん聞こえてくる。旧市街の真ん中にはロシア語劇場もあった。

その夜、Tさんの家にパーティに呼ばれていって、いろいろな人と話をした。この町ではロシア語人口の方がラトビア語人口より多いのだそうだ。ラトビアが独立してからは、ロシア人だけの学校も含めて、すべての学校で六十パーセント以上はラトビア語で授業しなければいけないという規則ができたが、代々リガで暮らしてきたロシア人たちにはそれが受け入れられず、いろいろ衝突がある。

しかし最近はまたラトビア人の間でロシア語の価値が再評価されてきているそうで、ロシア系の企業も多いし、ロシア語ができた方がいいと考える若いラトビア人が増えているらしい。文学部学生のKさんも「あたしたちはロシア語に対する反感が残っていたから、八年間勉強しても全然できないけれど、一番下の弟なんかはロシア語がとても上手よ。」と教えてくれた。

ロシア語と言えば、出発の二日前にベルリンでラジオで偶然「わたしたちドイツ人ももっとロシア語を勉強するべきでは」というテーマの番組を聞いた。ドイツ統一直後には、東独の人たちはそれまで第一外国語だったロシア語を投げ捨ててしまおうとしたが、最近になって若い人たちが一部ロシア語を見直し始めている。世界は英語化に向かっていると言うが、もう少し眼を凝らして細部を見れば、そうではないのかもしれない。

わたしがリガに着いた週にはちょうど、バルト三国のドイツ語の先生たちの集まりがリガで行われていて、参加者は全部で約三百人というから、ドイツ語の人気もまだまだ落ち目ではないようだ。バルト三国の主要都市にはすべてゲーテ・インスティテゥートかドイツ文化研究所またはその両方があり、盛んに活動している。

リガ駅の裏には、ヨーロッパで一番大きいと言われる市場がある。翌朝パーティ明けで眠い目をこすりながら連れて行ってもらった。ツェッペリンを作るために作られたという巨大なドームが四つ並び、中には、肉、魚、野菜など部門別に分かれて何十何百ものブースが出ている。丸く結った髪の前方にレースの小さな髪飾りをつけた売り子さんが、味見用の蜂蜜《はちみつ》をからめた棒を突き出し、わたしの顔を見ると英語でしきりと勧める。自分の顔が英語世界に分類されてしまうことにふいに違和感を覚えた。

タルトゥ　Tartu

ラトビアのリガからバスに乗って、エストニアのタルトゥに向かった。平坦な白樺の林が続く。国境では簡単な旅券審査はあったが、別の国に来た感じがしないのは、同じ風景が続くからだろう。

エストニアの町に降りて一つだけラトビアと全く違うのが、言葉の響きである。エストニア語はわたしの耳にはフィンランド語を少し歯切れよく現代的にしたような言葉に聞こえる。ヨーロッパの中では、フィンランド語やハンガリー語と同じで、ヨーロッパ語族に属さない希少価値のある言語である。

大学院生のKさんが、町を案内してくれた。エストニアはいくつかの大国の支配を受けてきた国だが、支配国の一つであるスウェーデンに対する悪口が聞かれないのは、グスタフ王が町に大学を作ってくれたからだとKさんは言う。大学の建物にはそれぞれユニークな名前がつけられていて、外国語・外国文学科のある建物の名前が「バベル」というのも可笑しい。

町の真ん中を流れる川には、幅の広い欄干のついた橋がかかっている。新入生はこの欄干の上を歩いて、向こう岸に渡らなければいけないのだとKさんが教えてくれた。幅は狭くないが急な曲線を描く欄干の上を歩くことを考えると足がすくむ。歩いて渡るだけでなく、お酒を飲んで自転車で欄干の上を走る学生もいると言う。

この町の学生には、昔からむやみに勇敢なところがあって、エストニア独立運動の際も、年寄りたちはロシアという大国を相手にこのような小さな国が独立するのは無理だと諭したのにもかかわらず、学生たちが熱くなって、ついに独立してしまったのだとKさんは誇らしげに語る。

ホテルは町の中心にある広場に面していた。「ドラゴン・ホテル」という名前には驚いた。キリスト教では、ドラゴンは聖ゲオルゲに征伐される悪者と見なされるのが普通なので、聖人に退治されているドラゴン像はあっても、愛嬌のあるドラゴンが堂々とホテルの外壁から首を出しているのは珍しい。「キリスト教以前の宗教は残ってますか」と思わず訊いてしまう。「さあ。森の中に、昔祈りが捧げられていたという神聖な場所がありますよ。立て札が立っているわけではないんですけれど、みんな知っています」ということだった。

小雨が降り始め、広場の敷石が透き通るように光って見えた。ホテルの前には銅像が建っている。近づいてみると、一本の傘の下で若い男女が抱きあって接吻している像だった。広場にこんな像が立っているのはどの国でもあまり見たことがない。「前はここにレーニンの銅像が建っていたんですか？」と訊くとKさんは笑って、「いいえ、そんなことありません」と答えた。「この像の前で、同じポーズをとって接吻したカップルは一生別れないという話ですが、わたしの知っている限り、やっぱり別れるみたいです。」

タルトゥのドイツ文化研究所でドイツ語で書いた作品の朗読をした。かつてはドイツ商人の町で、ハンザ同盟の一都市だったこともあり、今でもドイツ語を習う人たちはたくさんいる。日本語のできる人には出会わなかったが、日本に興味がある人は多いようで、映画『ユリイカ』を見てとてもよかったが同じ監督の作った映画が他にあるかとか、「とじこもり」についての記事を読んだが本当の原因は何だと思うかとか、出島でのオランダ人の生活を題材にした小説はあるかとか、若い人たちが訊いてくるので驚いた。もっと情報に恵まれた、たとえばアメリカなどの国では、普通の人にそんなことを訊かれたことはない。

わたしの作品をエストニア語に翻訳したいという人にも逢った。国全体の人口が東京の人口の十分の一ほどの小さな国だが、文学が読まれるかどうかは人数では計れない。エストニア語訳に期待したい。

タリン　Tallinn

朝のバス停はボストンバッグを持った若い人たちで賑わっている。週末は実家に帰って、月曜の朝のバスで大学に戻る学生が多いのだとKさんが教えてくれる。「わざわざ毎週帰るの？」と驚くわたしに、「そう。洗濯物を抱えて親のところに帰って、月曜には野菜をもらってまた大学に戻るの」とKさんが教えてくれる。町にコインランドリーはないらしい。

Kさんの話によると、エストニア人は土をいじらないと気がすまないそうで、ほとんどの人が自分で野菜を作っている。都会に住んでいる人でも郊外に畑を持っていることが多い。Kさんはまだ二十代だが、大学生になって初めて町のスーパーでにんじんを買った時、にんじんなどというものをお金を出して買うのは滑稽だと感じたと言う。いつも自分たちで作った野菜を食べて育ったからだ。にんじんが土の中に生えているところをまだ一度も見たことのない東京生れのわたしとは大変な違いだ。

バスがタリンにつくと、Kさんの知り合いのMさんが迎えに来てくれた。大変お洒落をしている。「カフェ・モスクワ」という名前のイタリア風の喫茶店に連れて行ってくれた。コーヒーは香り高く美味しい。Mさんは義理の兄がイタリア人なのでコーヒーにはうるさいのだと言う。冷戦時代には東側には本当のコーヒーがなかったので、「カフェ・モスクワ」という名前と美味しいコーヒーがわたしにはなかなか結びつかなかった。

喫茶店の前に広がる大きな広場は政治体制が資本主義に変るとすぐに駐車場になってしまった。駐車場反対運動が起こり、反対派の人たちは朝早くここに通って駐車券を買い求めて、車ではなく自転車を停めたり、車一台分のスペースに、花の咲いた植木鉢を並べたりしたそうだ。お金を一台分払っているのだから、何を「駐車」しても誰も文句は言えない。「あの反対運動はとても楽しかったけれど、いつの間にか車ばかりの普通の駐車場になってしまった」とMさんは残念そうに言う。

毛皮のベストを着て黒いブーツを履いた体つきのすらっとしたMさんが色彩の美しいタリンの旧市街を歩いているのを見ると、そのまま観光ポスターになりそうだが、Mさんの口から出て来るのは、駐車場反対運動の話や無農薬レストランの話など、一口で言えば、自分たちの手で町を商業主義から守ろうという話ばかりだった。

町中で偶然Mさんの知り合いにぱったり逢った。高校でドイツ語の先生の教育実習をしているチェコ人の若い女性だった。欧州連合のプロジェクトで、ドイツ語の先生になる勉強を終えた学生が自分の国ではなく他の国で教育実習できるというユニークな制度がある。彼女の場合、いつかはチェコでドイツ語の先生になるのだろうが、今はエストニアの学校で教育実習しているわけだ。いっしょに散歩することになったが、何しろ彼女は歴史的な家並みを誇るプラハの出身なので、タリンを歩きながらも、プラハとタリンの建築の違いはどこにあるかをくわしく説明してくれる。普段「ヨーロッパの古い家並み」という曖昧な捉え方しかしていないわたしには説明があまりにも詳しくて、恥ずかしながらついていけないところもあった。こんなに若い人が自分の国や隣国の建築について外国語でくわしく説明できるというのは東欧では普通なのかもしれないが、やはり驚いてしまう。日本の学生で、日本のお寺の建築様式を中国や韓国のそれと比べながら英語でうまく説明できる人がどれくらいいるだろう。そこには自分の住んでいる町の歴史に誇りを感じているようすがありありと見える。

東京での学生時代、わたしが東京の町並みに誇りを感じることができたかと言うとどうもあやしい。町並みなどというものは、お金と権力のある人が勝手に決めて作るものであるから、わたしの美観とは何の関係もないと心のどこかで思って諦めていたように記憶している。

十二月

Décembre

December

ديسمبر

モントリオール　Montréal

ベルリンからフランクフルトに飛ぶ飛行機が遅れ、モントリオール行きに乗り換える時間が三十分しかなく、フランクフルトの飛行場内を汗だくになって走った。どうにか間に合ってほっとして、機内では本を読んだり映画を見たりしていると、あっという間に八時間が過ぎた。飛行機は時間通りに着いたが、モントリオールでは、預けた荷物が着いていなかった。乗り換え時間が短すぎて荷物が着かないことは時々ある。

そのことを言いに荷物係の窓口に行くと、係の女性が、「ボンジュール・ハーイ！」と言った。フランス語の「ボンジュール」と英語の「ハーイ」がまるで一つの単語になったような挨拶の仕方に、なるほどこれが公用語が二つあるということなのだなと感心した。

モントリオールのあるケベック州はカナダの中で唯一、フランス語が日常的に話されている地域である。一つの町の中で二つの言語が話されていると言えば、先週行ったラトビアのリガなども同じだが、リガではロシア人がロシア語を話し、ラトビア人がラトビア語を話しているというもう少し分かりやすい構図だった。ところがモントリオールでは、フランス人を祖先に持つ人だけが今日までフランス語を話し続けているというわけではない。そのまま放っておいたら英語に押されて北米から消えてなくなってしまっただろうフランス語を政策的に救ったのだ。現在進行形の移民の国であるから、いろいろな国から来る人たちがフランス語を習って社会に同化する。また西アフリカなど、フランス語の盛んな国の人たちが、フランス語が通じるという理由で、意識的にこの土地を選んで移民してくるということもあるそうだ。

日本人のYさんは、ここの大学でフランス語を使って日本文学を教えている。英語と接触する中で変身していくケベックのフランス語の面白さを少しわたしに教えてくれたのも彼女だった。

英語にある言い方を直訳したような、フランスにはないフランス語がある。たとえば英語の「グッド・モーニング」を直訳した「ボン・マタン」という表現。フランスでは朝の挨拶に「ボンジュール」と言っても「ボン・マタン」とは言わない。

もし北米に住む日本人が「おはようございます」と言う代わりに、「よい朝をお過ごしください」とか「いい朝ですね」とか挨拶するようになったら、なかなか風情があると思うのはわたしだけだろうか。

またフランスでは「ハロー」に当たる「アロ」は電話に出た時しか使わないが、ケベックでは、道で知り合いに逢った時に「アロ」と言う人もいる。

またフランス語にはドイツ語やロシア語など他のヨーロッパ語同様、かしこまった言い方とくだけた言い方とがあるが、モントリオールでは、敬語的な表現はあまり使われない。それから、レジでお金を払う時にモントリオールでは「ボアラ」と言ってお札を出すのは普通だが、フランスでそんな風に言ったら「ほら払ってやるよ」という風に聞こえてしまうらしく叱られたという話もある。フランスに旅行に行ったら、言葉に注意しないと、馬鹿にされたり怒られたりすることもあるらしい。そのため誰もが花のパリへの旅行を夢見ているわけではなく、むしろ、なるべくなら行きたくないと思う人もいるらしい。

言葉をしゃべるのも舌なら、ものを食べるのも舌。町中には絵のようなケーキの並ぶショーウインドウ、朝焼きたてのパンを売る店、ベルギーのチョコレートを揃えた専門店などがあり北米というよりヨーロッパにいるような気がしてくる。

「ケベックは、フランスのように文学の伝統がないから、話すことはできても文学は生まれにくい」と言う人にも逢ったし、「伝統の垢にまみれていない新鮮で若々しいケベックのフランス語で書かれた小説が大好き」という人にも逢った。

ニューヨーク　New York City

ニューヨーク市には、マンハッタン、ブルックリン、ブロンクス、クイーンズ、ステッテン・アイランドの五つの区域があるが、マンハッタンは特に人口と文化の過密が濃い。ニューヨークにはよく行くので、マンハッタンに小さくていいから自分のアパートがあったらと思ったが、「ワンルームで狭いけれども、いい場所にあるから借りないか」と言われた部屋の家賃は月五十万円だったので諦めた。

わたしはクイーンズ区に住んでいるBさんの家に泊めてもらった。家賃はマンハッタンより安いが、帰りの地下鉄の本数が意外に少ない上、乗せてくれるタクシーを見つけるのも一苦労。二十ドル程度の距離だが、混んだ道を戻るには時間がかかる上、帰りには客が拾えない。だからタクシーの運転手は、町中で数ドルずつ短距離の客を乗せ続けることを好む。

その日の夜もマンハッタンから帰ろうとするともう十一時で、しかも雨。タクシーをとめるが、ドアを開けてすぐ「クイーンズへ」と言うと乗せてくれないので、乗り込んでドアを閉めてから行き先を告げる。運転手は「だめです。今ちょうどガソリンがなくなって、逆方向のガソリンスタンドに行く途中なので」と言ったきり、車を走らせようとしない。ガソリンは「クイーンズ」という言葉を聞くと急になくなるものらしい。「では、まず給油してからクイーンズに行ってください」とBさんはゆずらない。「だめです。ガソリンスタンドまでの料金はどうするんです?」わたしはひやひやしたが、Bさんは負けない。「その代金も払います。」「だめです。実はこれから家へ帰らねばならないんで。」「おや、それではわたしたちと同じですね。わたしたちも家に帰らなければならないので。」運転手はやっと折れて、車をスタートさせた。走りながら、ぶつぶつ文句を言い続けているが、わたしたちの知らない言葉に切り替えてしまったので、内容は分からない。道は混んでいた。雨の中、押しのけあうようにして走る車たち。窓をあけて怒鳴り合うドライバーもいる。

翌日、その話をすると、Dさんは笑って、「よくがんばったね」とBさんを褒める。「だってタクシーの運転手はニューヨーク内ならどこにでも客を運ぶことが義務づけられているのよ。わたしたちにはタクシーを利用する権利があるんだから」とBさんが言うと、D

さんが、「え？　権利？　移民には権利なんてないんだよ。知らなかった？」と冗談を言い、わたしたちはみんな苦笑した。

移民と言えば、「虫歯などというものがあるのは移民だけだ」と言われた時にはショックだった。「子供の時からフッ素を使えば絶対虫歯にはならないのだから」と言うことだが、真偽のほどは分からない。とにかく治療費が高く保険制度がよくないせいで、口をあければ階級が分かる社会ではある。あまりにも歯のひどい人たちがおおいので、クイーンズには最近、楽しげで入りやすい雰囲気の歯科医院がいくつかできた。ガラス越しに中の待合室が見え、予約がなくても誰でもその場で治療してもらえる。もちろん無料ではないが。

最も数が多い店は、ネイルサロン。資格も資本もない人でもすぐに始めることができる商売で、爪の美しさよりも話し相手を求める孤独な客が絶えない。

インターネットカフェはインド人の家族経営で、二日続けて通うと、もう親戚のように暖かく迎えてくれる。ギリシャ人の経営する「オデッセイ」という名前の眼鏡屋もあるが、そこで買った眼鏡をかけるとギリシャ神話の神々が見えるのかもしれない。その隣の雑貨屋の看板にはロシア文字「ヤー（わたし）」が書いてある。「わたし」という名のロシア語の新聞を本当に売っている。新聞の名前としては変っていると思うが、その「わたし」よりもっと変っているのが「わたわ」。そういう不思議な名前の日本料理屋がある。移民達の看板の連なりは詩的でさえある。

アマスト Amherst

アメリカ、マサチューセッツ州にある小さな町アマストに着いた。予約してもらった民宿は一戸建ての白い家で、土間に続く扉は鍵がかかっていない。土間の棚には「ヨーコへ」と書かれた封筒が置いてあり、封筒の中には鍵が入っている。民宿をやっている女性は今日はPTAがあり、家にいないので、鍵をあけて勝手に家に入っていてほしいということだった。

二階にあがって部屋に入ると、チョコレート色の立派なベッドやタンスが置いてある。窓の外は樹木に囲まれ、静まりかえっていて、ヘンゼルかグレーテルになったような不思議な気分。

翌朝、階下に降りていくと、コーヒーカップとお皿が居間のテーブルにわたしの分だけ並べてあって、横に「ザ・レパブリカン」という新聞が置いてあった。アメリカの知人の家やホテルでは見たことのない新聞なので、やはり民宿に泊まると勉強になると思いながら開いてみると、子供たちがイラクに行っている父親たちにあてた絵手紙がカラーで印刷してある。第二次大戦中は日本でも軍人を励ます手紙を子供に書かせたという話を聞いていたので、時間を逆行してしまったような不安感に襲われた。

女主人の亭主と思われる親切そうな男性が台所から出てきて、「フレンチ・トーストはお好きですか」と訊くので、好きだと素直に答えると、三枚も作ってくれた。テーブルの上にはすでにマフィンが五つおいてある。

わたしをこの町に招待してくれたマサチューセッツ大学は俗に「ユーマス」と呼ばれ、スミス大やマウント・ホリヨーク大など四つの大学と組んで、他の大学の授業を受けても単位が取れるような制度になっている。

現代舞踏の研究家で、ユーマスで教えるBさんは「うちは州立大学だからぼろいけれど」と言いながら、車の窓から見える私立アマスト大学の美しい建物に妬ましそうな視線を走らせた。

わたしはユーマスがとても気に入った。活発に議論する瞳の明るい学生、訊きたいことを一つずつ質問して答えを噛み締めるように聞いている学生、無口なくせにみんながいなくなると急に低い声で「僕、実は小説を書いているんです」と告白する学生、体格のよい身体に洗いざらしのTシャツを着て、正直でとぼけた発言がみんなの笑いを呼ぶ学生。今ゼミで読んでいるのだという柄谷行人のテキストを引用した内輪のジョークで盛り上がっている学生の輪を見ていると、わきあいあいとしたゼミの雰囲気が伝わってくる。

翌朝Bさんが町を案内してくれた。「この辺はチェーン店は出してはいけないことになっているはずなのに、なぜかここにスタバがあるんだよね。どうやって割り込んだんだろう。」ベトナムのフォーを食べさせる店、古本屋、漫画を売っている店、煉瓦の色が美しい市役所。

詩人エミリー・ディキンスンの家にも連れて行ってもらった。アマストは、彼女が生まれ一生を過ごした町である。十九世紀中頃は、このあたりには畑が多く、その家の窓からかなり遠くまで見渡せたようだ。それが学園都市となって農作地が減ると、樹木がまた増え始め、最近になって四百年前と同じくらいまで樹木の数が増えたのだという。樹木というのは減っていく一方だと悲観的になっていたわたしは驚いた。

静かながら継続的な生命力を感じさせる環境だった。ディキンスンの家のバルコニーからは、はずむ鞠《まり》のような太陽を観察することもできれば、蝶や小鳥の羽の震えを見極めることもできたようだ。彼女の祖父は当時ボストンなどで起こった自由な風潮に対して、保守的な形のキリスト教を守るためアマスト大学創立にも力を貸したらしいが、彼女自身は堅信礼を拒否し、マウント・ホリヨーク女子学院を退学したような人だった。ディキンスンの詩集を借りて読み始めたので、わたしの中でアマストへの旅はその後もしばらく続いた。

ボストン Boston

ボストンの飛行場には数年前ボストンで知り合ったCさんが車で迎えにきてくれた。人柄は朴訥とした感じで、詩的な日本語を話す人だ。日系アメリカ人で、ユタ州出身。

車は市内に向かうトンネルに入る。「これが大失敗のビッグ・ディッグ。ひどいもんだ。」噂は聞いていた。高架線を地下に埋める大がかりな工事は何年もかかったが、裏でいろいろ不正が行われ、安くて粗悪な材料を使ったため、完成してすぐ崩れた箇所があるほどの出来映え。

ボストンのローガン空港と言えば、セプテンバー・イレブンのモハメド・アッタもあの日ここから搭乗した。事件後しばらくしてあるジャーナリストが刃渡り二十センチのナイフを隠し持ってセキュリティを通る実験をしたら、簡単に通れてしまった。乗客の荷物や身体を点検するのは民間の会社。一番安くやってくれる会社に公共の仕事を任せれば、お粗末になって当然、とわたしの知人たちは憤慨していた。

Cさんはハンドルを切りながら、「まだ時間あるから、牡蠣でも食べようか」と言って、ユニオン・オイスター・ハウスに車を向けた。ここは宣伝文句を信じれば、「アメリカで一番古いレストラン」で、店に入ると二百六十年途絶えることなく営業してきただけの雰囲気がある。カウンターの止まり木には、すでに三人の男たちが食べ終わった生牡蠣の殻を皿に積み上げて、ビールを飲んでいた。カウンターの中の台には、荒く砕いた氷を敷きつめた上に牡蠣が数十個並んでいる。厚いゴムの手袋をはめた若い男がそれを手に取って、ナイフを入れ、ナイフの柄をとんとんと石にぶつけて牡蠣を開く。牡蠣は開かれまいとして一瞬殻を堅くしめるように見える。若い男は客と巧みな会話を交わしながらも作業の手を止めない。話を聞いていると、アフリカ象牙海岸の出身で、アメリカには三ヶ月前に来たと言う。「三ヶ月で、もう英語がぺらぺらなのか」と客の一人が驚くと、男はにやっとして、「フランス語の方がずっと上手いんだけど」と答えた。

それからわたしたちに「どちらから?」と訊く。Cさんが「僕は日本のユタ州というところから来た。この人はドイツの東京だ」と英語で答えると、みんながどっと笑った。象牙海岸の男はちょっと考えてから、日本語で「牡蠣、いくつ?」と訊いた。「へえ、日本語まで、しゃべれるの?」とさっきのアメリカ人がまた驚く。男は牡蠣を開く手を休めて照れ笑いして、「日本語も勉強したい」と答えた。

　Cさんが牡蠣を半ダースずつと、クラムチャウダーとノンアルコールのビール二本を注文してくれた。Cさんもお酒は飲まない。それでも、二人で瓶を傾けてノンアルコールビールを飲んでいるうちに、濃い酒場の雰囲気のせいで酔ってきた。クラムチャウダーはなめらかな中に海の味が立っていて、美味しかった。常連らしい女性が一人現れ、隣の席でクラムチャウダーだけ食べて、すっと帰っていった。

「最近、息子が聞きたいことがあるって真面目な顔して言うんで、何かと思ったら、」とCさんが低い声で話し始めた。「僕にも自分の友達との付き合いがあるから、日曜日ごとにお父さんと釣りに行くことはもうできないけど、それでもいいかってさ。」Cさんは寂しそうに笑って続ける。「馬鹿なこと聞くなって答えたんだけど。」

「釣りはしないの？　釣りは神秘的だよ。」Cさんにそう言われると、釣りに関心を持ったことのなかったわたしも急に、遠いユタ州の巨大な山々の静寂に囲まれて小舟を浮かべて一人、糸を垂れてみたくなった。ただし、魚がかかるのは嫌なので、餌はつけないでおこう。糸にかかるのは、詩の言葉でいい。

　牡蠣の殻はどの方向に向けても、食べる人の唇を傷つけようと構えて、不規則なぎざぎざを向けてくる。塩っぽく淫らで目眩《めまい》のするような味。「牡蠣食べてから詩を読んだら、飛んじゃうかもね」とCさんがつぶやいた。

アンマン عمان

ヨルダンのアンマン空港に着くと、どこか甘いような香りが漂っていた。

ホテルの建物の前で、荷物の検査とボディチェックがあった。去年いくつかのホテルの前で自爆テロがあったためだろう。セキュリティの若い男女が親切でのんびりしているためか、むしろ緊張が解けて、自分がイスラエルとイラクに挟まれた国にいることはすぐに忘れてしまった。

ホテルの部屋に入ってラジオをつけると、祈りが流れてきた。内容の分からないわたしの耳には、その声は、なだめ、慰め、哀れんでいるように聞こえた。窓から町を見下ろすと、点在する明かりにほんのり照らされて、地中海沿岸を思わせるような美しい家並みが見えた。

イスラム世界のイメージはマスコミを通して毎日意識の中に流れ込んでくるが、実際に訪れたことはまだ一度もなかった。そのために生じるゆがみのようなものが固定する前に、ほんの少しでもいいから自分に揺さぶりをかけたかった。

たとえばヴェールで頭を隠した女性たちは、写真で見れば見るほど遠ざかっていく。わたしの住んでいるベルリンにもイスラム圏から来た女性は多いが、その中でヴェールをしている女性は大学や劇場では見かけないし、まだ口をきいたこともない。ところが翌朝ヨルダン大学のキャンパスに着くと、キャンパスはヴェールを被った女子学生たちで溢れていた。男子学生たちの服装は日本の学生たちとそれほど変らない。女子学生たちの表情はいきいきとしていて、わたしの講演と詩の朗読が終わると、女子学生も男子学生も全く同じように活発に質問したり意見を述べたりした。むしろ女子学生の方がより積極的な印象を与えた。

ヨルダン大学のX先生は英文学の先生だが、その延長のような形で、英訳で世界の文学を読む授業もしている。日本文学科がない国には、そんな水路を通って日本語で書かれた文学が流れ込むこともあるのだ。しかし、X先生はわたしの小説を、ある一つの国や言語に所属する文学というよりは、むしろ世界の文学の流れの中で捉えてくれているようだった。X先生は、「ポストモダン」というキーワードを使って学生たちに熱心に話しかけていた。モダンを否定しようとする原理主義に対して、モダンではなくポストモダンで立ち向かうことを文学に期待しているようにも見えた。

ヨルダン大学とアンマン大学の他に、一般向けにも、詩の朗読と講演をすることができたが、これまで行ったいろいろな国と違うところは、詩の朗読を聞くのは快楽だとみんなが思っているらしいことだった。詩が聞こえてくるとすぐに、会場がひとつの大きな耳に変貌する。

死海に連れて行ってもらった。生き物が住めない死海だから、死を連想させるような風景かと思ってみれば、青く澄んだ水が明るく広がっている。向こう側にあおみがかって見える岸壁がパレスチナ。

塩分が多いという海水をなめると、舌を刺すように苦い。塩分が多ければ、水に浮きやすい。海水パンツの青年たちが数人、安楽椅子にすわるような格好で海に浮いていた。海に入っている女性の姿は見あたらなかった。女性はあまり水に入らないし、入る時には服を着たまま入るのだそうだ。膝まで水に入ってみたが、イエスのように水の上を歩くことはできなかった。砂浜で、全身を黒い布で包んで目だけ出した女性が話しかけてきた。アラビア語のできる人に訳してもらうと、いっしょに写真を撮ろうということだった。写真を撮り終わると、握手を求められ、握手するとその手に力が入り、抱擁に変り、頰に挨拶の接吻をしてくれた。それ以来、ブルカを身につけた女性の写真を見る時のわたしの身体感覚は少しだけ変った。

単行本あとがき

二〇〇五年の春から二〇〇六年末まで実際に行った町の話を書いた。本を作るに当たっては日経新聞に連載時の掲載順に並べることにした。それは旅をした順とは多少ずれ、筆の走った順ということになるが、それが自然な気もした。以前旅したインドやベトナム、数年前に行って感銘を受けたセネガルやイタリア、昔はよく行ったが最近偶然行っていないモスクワ、そして韓国や中国などにも書きたい町はたくさんあったが、この一連の旅のエッセイにはふさわしくない気がして筆をとめた。それは、わたしが縦のつながりよりも横のつながりに関心を持っているせいかもしれない。

どの町も毎年変っていく。今年のベルリンは去年のベルリンとはまた違う。五年前のモスクワは十五年前のモスクワとは全く違っている。だから今年のブダペストと数年前のプラハよりは、今年のブダペストと今年のニューヨークが一冊の本の中に共存する方が納得できるような気がした。地球の表面を速い速度で移動しながら生きていると、さまざまな地域が見えない糸でつながっていて、ともにひとつの時間を生きているのを肌に感じる。そのつながりを手がかりにエッセイを織ることの方が、この町は昔からこういう町であるという歴史の縦糸を縒ることよりも面白かった。

いつものことだが、二、三の例外を除いては、仕事でしか旅をしなかった。仕事と言うのはほとんど自分の書いた本から朗読をし、読者と話をするという仕事で、つまり、わたしの書く妙な小説に関心をもってくれている人間が一人でも住んでいる町にしか行かなかったということになり、そういう意味では町の選択は偶然ではない。しかし小説に関心を持ってくれているというだけでは不充分で、その町に作家を招待して話をしようという制度や習慣がなければ招待は成立しない。美術や音楽は、旅行者でも簡単に美術館へ入ったりオペラに行ったりして享受できるシステムになっているが、文学、特に現代文学も町の人が集まる場を作っているのだという事実はあまり知られていないような気がする。

わたしは普通の旅行者と違って、その町に住む人たちと話をする機会が多かったと思う。それも小説のおかげである。

二〇〇六年の年明けから年の暮れるまで、一年間の連載は大変だった。どこかを旅しながら常に別の町について書き続けなければならない。しかもコンピューターが接続できなくて原稿を送るのに苦労したり、ファックスの機械が壊れていてゲラをなかなか受け取ることのできない町もあった。何があっても嫌な顔一つせずに、一年間わたしを励ましながら、毎週いろいろな町にゲラを送り続けてくださった担当の中野稔さんにはとても感謝している。

二〇〇七年二月

著者

作者から文庫読者のみなさんへ

多和田葉子

旅人は遠い町にたどりつき、街路樹や家並み、ショーウインドウの中の商品や市場に並べられた野菜や美術館に飾られた絵画を眺めて歩き、驚き、感心し、時には不安を覚える。旅人は、その町に長年住んでいる人たちよりもずっとたくさんのものを意識的に見るだろう。しかし、いくら大量の情報を目で吸収しても旅人はあくまで「よそ者」、あるいは「お客様」のままだ。外部に立っているからこそ見えるものがあるのだから、それはそれでいいのだが、わたしなどは、もし自分が旅人ではなく現地人だったらこの町はどんな風に見えるのだろう、と考えることも多い。

たとえばもしもわたしがアリゾナ州で生まれ育っていたら、サボテンなど見飽きていたに違いない。バスで小学校から家へ帰る途中も、右左にいろいろな種類のサボテンが並んでいただろう。その中には手で触れると、ぱらぱらと細い毛のような棘を無数に落とすものもあり、その棘が肌に刺さると洗い流すこともできず、一本一本ピンセットで抜く以外ないのである。そんな痛い経験を現地の人なら子供の頃に卒業している。他所から来たわたしは、大人になって初めて同じ痛い経験をした。

旅は時には痛いものだが、痛いと思った時には必ず世界が少し広がっている。異文化について勉強したい時は、本を読んだ方が旅に出るより効果的なのかもしれない。しかし読書だけでは痛い経験はできない。痛さとは、自分を変える力が外部から直接働きかけてくることでもある。それによってゆっくりと身体が変化し、性格が変化する。

もちろん逆に旅をするだけで本を読まないのは、これまた残念なことのように思われる。できれば読書と旅を組み合わせるのがいい。留学して、異国でたくさん本を読み、その異国から次の異国に旅するのもいいのではないかと思う。

旅人としてのわたしの体験はマッチを擦った瞬間にその光でまわりが見えるようなもので、炎は数秒で消えて、あたりはまた暗闇に戻ってしまう。世界はなかなか見えにくい。旅をすることで見える範囲など限られている。社会学的な調査をするわけではないので、「この町はこういう町だ」という結論を出すつもりは最初からない。記憶の断片が光り、これまで見えなかったものが一瞬見え、それがステレオタイプになって凝固する前に消えていく。旅のエッセイはそれでいいのではないかと思う。

この文庫に収録されたエッセイを書いたのはハンブルグからベルリンに引っ越した頃だった。ハンブルグには一九八二年から四分の一世紀近く住んでいた。時の流れは速いもので、引っ越してからもう十五年たってしまった。次の十年がこのまま過ぎれば人生の一番長い時間をベルリンで過ごしたことになる。

ベルリンにいる時のわたしは旅人ではなく住人だが、よく考えてみると、よそ者とそうでない者、旅人と住人の間にはっきりした境界線を引くことはできないような気がする。人は必ずどこかから来てどこかへ行く。すでに何十年も同じ家に住んでいる人でも、自分はどこかから来たということを忘れることはないだろうし、このまま永遠にそこに居続けるわけではないことは日々実感しているに違いない。

わたしの旅は言葉の旅でもある。多言語の中を通過しながら、日本語の中をも旅する。たとえばそれまであまり考えてみたことのなかった「公園」という言葉。公の園と書く。誰でも自由に入れて、芝生や花が植えてあり、ベンチがあり、遊ぶスペースや道具のある場所がわたしにとっての「公園」だった。どちらかと言えば、安らぎを感じさせる地味な憩いの場所である。それに対して、高い入場料をとる「パーク」もあり、そこには商業的な目的でつくられたジェットコースターなどが並んでいる。しかしドイツには、工場廃墟や廃線になった鉄道線路の両脇がそのまま公園になっている例がある。こういう公園をつくる背景には、歴史を残したいというみんなの気持ちがある。何も古いお城だけが文化遺産ではない。工場がありそこで働いていた人たちがいたことも歴史の一部である。錆びた鉄、元気よく伸びる雑草などのかもしだす雰囲気には独特の魅力があり、一度虜になるとこういう公園にばかり行きたくなる。

旅は出逢いの連続だが、その出逢いは偶然の出逢いである場合が多い。訪れた土地は、偶然出逢った人の色に染まる。偶然出逢った人が典型的だと思われがちな性格を持っていたり平均的な生活を送っているとは限らない。たとえばパリで出逢ったアルジェリア人が納豆を好み、毎朝食べていたとしても、パリに住むアルジェリア人のすべてが納豆を食べるわけではなく、おそらく例外的存在である。だからあまり意味がないかと言えばその逆で、「そんな人間はなかなか他にはいない」と思わせるその一回性が人間を人間らしくしている。

しかし考えてみれば旅に限らず、日常生活の中でも大学や職場である人と知り合うのも偶然と言えば偶然で、偶然出逢った人と親友になって一生助け合ったり、時には結婚して家庭を築いたりする。旅と日常はそれほどかけ離れていないのかもしれない。

今振り返ってみると、八〇年代のわたしはほとんどハンブルグにいて、滅多に旅をすることなどなかった。冷戦が終わって東ヨーロッパへ行きやすくなり、ユーロが導入され、安いフライトが増えるにつれて移動は急速に増え、パンデミックの始まる二〇二〇年春まで旅の続く生活を送った。この文庫に収録されたエッセイを書いた二〇〇五年、二〇〇六年、特に旅が多かったわけではないが、日本経済新聞でエッセイの連載をしていたので、その記録がこのようなかたちで残っていることをありがたく思う。日記ならばいつもつけているが、ここまで詳しくは書かないのでエッセイというかたちで残せたことはよかったし、パンデミックのせいで旅の文化が忘れ去られようとしている今、文庫というかたちで旅の記憶をあらためて活字にできたことを嬉しく思っている。

言葉の峡谷に留まる詩人

解説 鴻巣友季子

わたしは翻訳者にあるまじきことに、誤読や誤訳の類をかなり愛している。仏文学者・平岡篤頼氏の言葉を借りれば、「誤訳のポエジー」というべきものがそこにはあるからだ。ちょっとした聞き違いや読み違いで、それらは起きる。

最近では、「このごろは、店の入り口に必ずショートケーキが置いてある」という聞き違い例をかなり秀逸と感じた。ショートケーキ、ショードケーキ、ショードクェーキ、消毒液。

このような現象を好むわたしにとって、多和田葉子という作家の小説やエッセイはめくるめく楽園である。彼女はしかつめらしい言葉の隙をついて、社会通念や固定観念、先入観や差別意識をぽきぽきと脱臼させ、既成概念を転換、転覆させていく。たとえば、『星に仄めかされて』という長編のなかに、ある医師の言葉を評して、「ちょっとずれていたり、抜けていたり、ボケていたりする」とする記述があるが、この「ズレ、ヌケ、ボケ」というのが、多和田作品においてはたいへん重要なのである。もう一つ「逸れる」を加えて、「ズレ、ソレ、ヌケ、ボケの術」としても良い。

本書『溶ける街 透ける路』でも、これはいかんなく発揮されている。

たとえば、ドイツの「リューネブルグ」という章。最初はこの「塩の町」の伝説や習慣が語られるが、話はそこからついと逸(ソ)レて、実はリューネブルグに寄ったのはついでであり、旅の目的はそこから三十キロほど離れたトスタグローペという村にあったと明かされる。この村には、馬小屋や納屋のある農家を買い取ってコンサートやワークショップをひらいている知人のアーティストたちが住んでいるという。多和田氏はその一つに参加したのだった。

子どものための絵と音楽のワークショップで、一週間泊りがけでひらかれる。多和田氏の役割は、その十三人の参加者たちに、日本語で書いた散文詩を音読してきかせること。意味は教えない。子どもたちは、自分が聞きとった音を声に出してみる。「もちろん誤解は大歓迎」だと彼女は言う。「その声に対して、今度は他の子供が楽器の即興演奏で応える」という形でパフォーマンスが作られていった。

この体験を通して多和田葉子は、「自分の理解できない言語に耳を澄ますのはとても難しい作業だが、文字にこだわらず、『アメリカン』を『メリケン』と書き記したような、繊細で果敢で好奇心に満ちた耳が、かつての日本にもあったはずだと思う」と、言葉のズレやヌケを愛おしむように書く。わたしはこういうところでも感心してしまう。

「メリケン」という表記は「アメリカン」の語頭の音が脱落したものだろう。英語関係者の間では、過去の遺物として馬鹿にされこそすれ、褒められることは稀である（日本の英語人たちの心がせまいのかもしれないが）。しかしながら、American は発音記号で書くと、amérik(ə)n となる。語頭は「シュワー」と呼ばれるごく弱い母音だから、「メリケン」表記の方が実際の音には近いかもしれないのだ。

多和田葉子はさらにこう続ける。ここは本書の、というか、多和田文学の核心のひとつだろう。

それができなければ、異質な響きをすべて拒否する排他的な耳になってしまい、世界は広がらない。創造的な活動は、まず解釈不可能な世界に耳を傾け続けるところから始まるのではないか、と改めて思った。

*

このくだりで思いだすのは、多和田葉子と旧知の仲でもあるオランダの旅する作家セース・ノーテボームから聞いた言葉だ。六ヵ国語に堪能な彼は初めて日本を訪れた際、周囲に飛び交う言葉や文字がなに一つわからないという稀有な状況に陥った。しかし、つねにアクティヴな旅をしてきたこの作家は、異質な言葉に囲まれつづけるひたすらパッシヴな旅に、新たな感性の境地をひらいたというのだ。

人間にとって、答えを得ずに宙づりになりつづけることは辛い。難しい。難しいからこそ、近年は「ネガティヴ・ケイパビリティ（消極的受容力）」という概念に注目が集まっているのだろう。

詩人ジョン・キーツが初めて使ったこの言葉と概念を、わたしなりに要約すると、「解決のつかないものごとに対し、確実性より創造性を追求し、混乱や不確実さ（ズレ、ソレ、ヌケ、ボケ）のなかに留まりつづける没我の境地とその力」のことだと思う。

多和田葉子の作品を読んでいると、この言葉がしばしば思いだされてくる。『溶ける街透ける路』の「トゥーソン」に出てくる以下のエピソードなども、彼女のそうした力と精神世界を（図らずも）ユーモラスに表象しているのではないか。

アリゾナ州の砂漠の町トゥーソンに出かけた多和田葉子は、知人の庭でサボテンを鑑賞し、とげの生えた花をなにげなく拾う。しばらくして肌に痛みを感じたので見ると、「黄色い長さ五ミリくらいのとげが手の甲から手首にかけて二、三十本刺さっている」「ブラウスの袖にもとげがたくさん刺さっている」。自分でもピンセットで抜き、大学の人にも──「蚤取りをしてもらっている猿」を想起しながら──抜いてもらった。

皮膚に細かいとげが無数に刺さった状態を想像しただけで、わたしなどいらいらして叫びだしそうになるが、多和田葉子はこんなエピソードを悠々と記す。この砂漠に移り住んだばかりの知り合いが不安がっていると、住人にこう言われたと。「平気よ、そのうち砂漠があなたの肌にも広がっていくから」。

それから三日ほどして、手首が痛いので見ると、サボテンのとげが数本肌から突き出ていた。すると、こんどは「いよいよ砂漠が肌にまで広がりサボテンが生えてきたのか」などと記す。わたしは異物を飄々と抱えつづけるこの姿こそ、多和田葉子式のネガティヴ・ケイパビリティと感じ入った。

異物は刺さる。とげのように。それは初め内向きに刺さるが、内在化すれば外向きに「生える」のだ。この章は、「どこの土地にもすぐに馴染んでしまうわたしだが、その度に、その土地の植物が肌から生えてくるのではかなわない」というトボケた言葉で締めくくられる。

＊

そう、わたしにとって多和田葉子とは、旅立ち、旅をしつづける作家であると同時に、あるいはそれ以上に「留まる人」なのである。日本からドイツに移住し、日本語とドイツ語で創作をつづけている彼女は、ふたつの文化、ふたつの言語をつなぐダイナミックな〝翻訳者〟だが、この翻訳者はダイナミックであると同時に、きわめて用心深く、辛抱強い。

たとえば、『エクソフォニー　母語の外へ出る旅』にも多和田葉子文学の真髄を表すくだりがある。「わたしはたくさんの言語を学習するということ自体にはそれほど興味がない」と述べた後に、自分にとって理想の状態をこう表現するのだ。

言葉そのものよりも二ヶ国語の間の狭間そのものが大切であるような気がする。わたしはA語でもB語でも書く作家になりたいのではなく、むしろA語とB語の間に、詩的な峡谷を見つけて落ちて行きたいのかもしれない。

AとBの谷間に身を置きつづけること。そうした「峡谷の詩人」こそが、最高の翻訳者ではないかと、わたしは思う。とはいえ、こういう美質を充分にそなえた翻訳者は、現実的に見るとかなり困った翻訳者かもしれない。数年前にも舞台上演された長編『文字移植』に出てくる女性翻訳家の「わたし」は、カナリア諸島に赴き、知人の別荘にこもって、たった二ページの小説を訳し上げようとするが、いっこうに仕上げられない。訳文はこんな、カタコトのうわごとのようになってしまう。

全く、稀に、大抵は、背景に、現れる、一匹、二匹、小さいのが、現れる、ことがある、執行猶予期間が、続いているところの、殺人的な、光景、心の外傷は、しかし……

「わたし」は文字のなかに沈潜し、滞留し、作者の声を聞きつづける。

言葉の峡谷に留まることを知る多和田葉子は、一方、〝峡谷を越えること〟にも、眩しげなまなざしを向ける。『溶ける街 透ける路』の「モントリオール」の章の一節なども、そうした多和田葉子の一瞬の貌をとらえていて興味深い。

ケベック州モントリオールの空港に、ベルリンから載せた荷物が着いておらず、そのことを言いに荷物係の窓口に行くと、係の女性が、「ボンジュール・ハーイ！」と挨拶をした。多和田氏のような注意深い〝翻訳者〟でなければ、聞き流してしまいそうな〝混合語〟だが、彼女は「（フランス語と英語が）まるで一つの単語になったような挨拶の仕方に、なるほどこれが公用語が二つあるということなのだな」と感心する。そして英語との深い接触によって英語化した、「ボン・マタン」（英語でいうと「グッド・モーニング」）などのフランス語の言い回しを面白がるのだ。

わたしは「そうか」と膝を打った。多和田葉子はパウル・ツェランを愛するが、それも、この〝谷越え〟と関係しているのだろう。「翻訳者の門」（『カタコトのうわごと』）という、カフカとベンヤミンを濃厚に想起させる題名のエッセイは、ツェランの『閾から閾へ』という詩集について、彼の詩になぜ強く惹かれるのかについて、語っている。ツェランの詩には、「日本語訳で読んでもすぐに魅力を感じた」と言い、こう述べる。

翻訳可能というのは、もちろん、ひとつの詩の完璧な写し絵が、もうひとつの言語の中で可能かということではなく、訳詩が文学として面白いかということだ。ツェランの詩はそういう意味で、完全に翻訳可能であると言えそうだ。翻訳可能であるだけではなく、日本語の中を覗き込んでいるような印象さえ与える。それにしても、ツェランの詩はどうしてドイツ語の外側にある異質な世界に視線を飛ばすことができたのだろう。言語と言語の間には、橋も架けられないような谷間があるはずなのに。それが不思議でならなかった。

この「不思議」は、ある知人の「この翻訳で重要な役割を果たしているのはモンガマエだね」という言葉に光を得ることになり、多和田葉子はツェランの詩の「可翻訳性」の本質をつかむ。詩集の最初の詩（「ぼくは聞いた」）からこんな行が引かれる。

ぼくは聞いた、水の中には
石と波紋があると、
そして水の上方には言葉があって、

それが石のまわりに波紋を描かせていると。（飯吉光夫訳）

「門」も「閾」も、境界を表している。だから、「聞くというのは、全身を耳にして境界に立つということらしい」と、多和田葉子は理解する。そして、詩の次の連では、「境界のところに立ち止まらずに先へ進むポプラが出てくる」「閾の向こう側に水の世界がある。『ぼく』はポプラが異質の世界に入っていくのを見ているが、ポプラの後をあわてて追って行きはせずに、観察者の位置に留まっている」と、彼女の解釈がつづく。

さらに、多和田葉子はこの詩をこのようにリトールド（語り直し）する。

「ぼく」は……閾のところに踏みとどまって、魔法の遊戯を始める。パンのかけらと鎖を使って、石と輪を描き、水の中の世界をテーブルの上に再現する。この呪術的遊戯は、翻訳という作業と似ていないこともない。翻訳者は水の中の映像を机の上に再現する。ポプラは翻訳者ではなく、水の中に消えていく身体である。

閾に踏みとどまり、翻訳をする「ぼく」の姿は、どうしても多和田葉子のそれと重なる。彼女は結局、詩集の題名の門も閾も境界を表しているが、境界を越えようとしているのではない、と考えるに至る。ある閾から閾へと彷徨うという意味だ、と。

＊

地上が未知のウイルスによるパンデミックに見舞われて、一年と数ヵ月が経とうとするいま、世界を悠々と漫歩し、旅をつづける多和田葉子のフラヌールぶりに郷愁や旅愁を誘われる読み手も多いだろう。多和田葉子にとって、旅とはなんなのか。『溶ける街 透ける路』では旅をしているのが常態であり、旅とはなんぞやということは書かれていない。

わたしはふと単語に目を向けた。日本語で「旅」「旅行」というと――「旅行はうちに帰るまでが旅行です」というように――、「どこかに行って帰る」までの間を意味する。しかしドイツ語のReise（旅）には「出発する」という意味が語源にあり、往還の意味はないという。これと関係があるかわからないが、多和田葉子にとって、旅とは、コンプリートしない、帰結しないなにかではないか。その完結しなさに荷担するのが、多和田式「ズレ、ソレ、ヌケ、ボケ」の、特に「ボケ術」なのである。

多和田葉子は戦うにも、武器をもってつっこまない。ボケることを旨とする。「完遂」とか「貫徹」とか「全う」とか、あるいは己の「やりきった感」に酔う集団に疑いの目を向け、かわす、こける、投げだすなどの手段で対抗してきたのではないか。

前述した『文字移植』では、翻訳家は単語がばらばらのままの訳稿を担いで海へ逃げていった。べつの先行作『容疑者の夜行列車』は「あなたは……」と二人称文体で語られるが、「あなた」は決まってなにかをやり損ね、どこにもたどり着けない。また、全米図書賞翻訳部門も受賞した（マーガレット満谷訳）『献灯使』では、外来語を禁じられた管理社会で、ジョギングは「駆け落ち」、オフラインは「御婦裸淫」とおかしな新語になり、ジョージ・オーウェルの『１９８４年』のような父性社会に立脚したディストピアの足を払って、ゆらりと立ちあがるのである。

＊

いまわたしは、数年前に、多和田葉子と松尾芭蕉の「おくのほそ道」の序文を共に翻訳して論じあったことを思いだしている。多和田氏はG・S・ドンブラディによるドイツ語訳から、わたしはドナルド・キーンによる英訳から、日本語に訳し戻したのだった。あの有名な冒頭、「月日は百代の過客にして、行かふ年も又旅人也。舟の上に生涯をうかべ馬の口とらへて老をむかふる物は、日々旅にして、旅を栖とす」を、多和田葉子はこう訳した。

太陽と月、日々と月々は、永遠の時間の中にほんの短い間しか留まらないお客様である。年々もまた同じで、出て行ったかと思うと帰ってきて、いつも旅している。……毎日移動しているので、旅そのものが滞在場所になっている。

「月日」という語をドイツ語訳者は、日＝太陽ととらえ、Sonne und Mond と翻訳したのだ。いちどドイツ語を旅してきた「おくのほそ道」は、みごとに多和田葉子の作品になっていた。では、それにつづく「そゞろ神の物につきて心をくるはせ、道祖神のまねきにあひて、取もの手につかず」を、彼女はどう訳しただろうか?

誘惑の神々がわたしの心を狂わせ、路の神が目配せをするので、仕事が手に付かない。

Wegegötterというドイツ語を「路の神」と訳している。多和田葉子は日本語の「旅」から旅立ち、つねにReiseの途上にあるのだろう。

年譜

多和田葉子

一九六〇年（昭和三五年）
三月二三日、東京都中野区本町通四丁目に生まれる。父栄治、母璃恵子の長女。父は翻訳、出版、書籍輸入等の仕事をしていた。
一九六四年（昭和三九年）　四歳
妹の牧子が生まれる。
一九六六年（昭和四一年）　六歳
小学校入学直前に東京都国立市の富士見台団地に転居。四月、国立市立第五小学校入学。
一九七二年（昭和四七年）　一二歳
三月、国立市立第五小学校卒業。四月、国立市立第一中学校入学。
一九七五年（昭和五〇年）　一五歳
四月、東京都立立川高校入学。第二外国語としてドイツ語を選択。文芸部に入り小説を創作するほか、友人と同人誌「さかさづりあんこう」を発行する。
一九七六年（昭和五一年）　一六歳
「暮しの手帖」一二月号に塚原雄太編著『私は口をきかない』（田畑書店）の感想が掲載される。
一九七七年（昭和五二年）　一七歳
雑誌「のびのび」六月号に「わたしは晴れて高校三年生　さらばイヤミの数学よ」が掲載される。秋、立川高校演劇祭で自作の戯曲を上演。

一九七八年（昭和五三年）一八歳
三月、都立立川高校卒業。四月、早稲田大学第一文学部入学。専攻はロシア文学。在学中、同大学の語学研究所でドイツ語の学習を続けるほか、「落陽街」等の同人誌を発行。
一九七九年（昭和五四年）一九歳
夏休みに一人で初めての海外旅行に出かける。船でナホトカへ、さらにシベリア鉄道でモスクワへ行き、ワルシャワ、ベルリン、ハンブルク、フランクフルト等を訪れる。
一九八二年（昭和五七年）二二歳
三月、早稲田大学卒業。卒業論文はロシアの現代女性詩人ベーラ・アフマドゥーリナ論。同月、インドへ旅立つ。ニューデリー、ローマ、ザグレブ、ベオグラード、ミュンヘン等を経て、五月、ハンブルクに到着。以後、同市に在住。父の紹介で同市のドイツ語本の輸出取次会社グロッソハウス・ヴェグナー社に研修社員として就職。夜は語学学校に通う。
六月、子安美知子との共訳でイレーネ・ヨーハンゾン編『わたしのなかからわたしがうまれる』が晩成書房より刊行される。
一九八五年（昭和六〇年）二五歳
一月、日本文学研究者ペーター・ペルトナー（当時ハンブルク大学講師、のちミュンヘン大学教授）に出会う。ドイツに来てから日本語で書いた作品が彼によってドイツ語に訳され始める。二月、チュービンゲン市の出版社コンクルスブーフ社の編集者クラウディア・ゲールケに出会う。詩のドイツ語訳を見せ、出版の企画が持ち上がる。以後、ドイツ語での著書はほとんど同出版社から刊行される。
一九八六年（昭和六一年）二六歳
一〇月、ハンブルク大学ドイツ文学科教授ジークリット・ヴァイゲル（のちチューリッヒ大学を経てベルリン文学研究所所長）のゼミに初めて参加する。
一九八七年（昭和六二年）二七歳

三月、グロッソハウス・ヴェグナー社を退社。一〇月、初の著書となる詩文集『Nur da wo du bist da ist nichts あなたのいるところだけ何もない』（多和田の日本語作品・ペルトナーの独語訳併記）刊行。この年、ドイツで初めて朗読会を行う。以後、日本、ヨーロッパ各地、アメリカ等で朗読会を続ける。

一九八八年（昭和六三年）二八歳
二月、初めてドイツ語で短篇小説『Wo Europa anfängt』（ヨーロッパの始まるところ）を書き、後に「konkursbuch」二一号に発表。この年よりドイツ語の朗読も行う。

一九八九年（昭和六四年・平成元年）二九歳
日本語で書いた短篇小説をペルトナーがドイツ語に訳した作品が『Das Bad』（風呂）として刊行される。

一九九〇年（平成二年）三〇歳
一月、『Wo Europa anfängt』等によりハンブルク市文学奨励賞を受賞。八月、ドイツ語学・文学国際学会（ＩＶＧ）で劇作家ハイナー・ミュラーと能の関係を発表。この時、ミュラー本人に初めて会う。一〇月、オーストリアのグラーツ市で毎年開かれる芸術祭「シュタイエルマルクの秋」に初めて参加。このために『Das Fremde aus der Dose』（缶詰めの中の異質なもの）を執筆。修士論文執筆中の一一月、日本語で小説『偽装結婚』を書く。この作品を群像新人文学賞に応募。

一九九一年（平成三年）三一歳
五月、『かかとを失くして』（受賞発表時に改題）が第三四回群像新人文学賞を受賞。日本でのデビュー作となる。二作目の日本語作品『三人関係』を「群像」一二月号に発表。同作は三島由紀夫賞と野間文芸新人賞の候補になる。この年、ドイツでの三冊目の著書『Wo Europa anfängt』を刊行。

一九九二年（平成四年）三二歳
三月、日本での第一作品集『三人関係』（講談社）刊。『ペルソナ』を「群像」六月号に発表、第一〇七回芥川賞候補になる。『犬婿入り』を同誌一二月号に発表。富岡多恵子の短篇小説『とりかこむ液体』のドイツ語訳『Mitten im Flüssigen』等を「manuskripte」一一五号に発表。この年、ハンブルク大学大学院修士課程修了。修士論文はハイナー・ミュラーの『ハムレット・マシーン』論。

一九九三年（平成五年）　三三歳

二月、『犬婿入り』で第一〇八回芥川賞受賞。同月、短篇集『犬婿入り』（講談社）刊。『光とゼラチンのライプチッヒ』を「文學界」三月号に発表。四月、ドイツ語で執筆中の短篇小説『Ein Gast』（客）に対し、ニーダーザクセン基金から奨学金を受ける。九月、『アルファベットの傷口』（河出書房新社）刊（のち文庫化の際に『文字移植』と改題）。一〇月、初の戯曲『Die Kranichmaske, die bei Nacht strahlt』（夜ヒカル鶴の仮面）が「シュタイエルマルクの秋」で初演。

一九九四年（平成六年）　三四歳

『隅田川の皺男』を「文學界」一月号に、戯曲『夜ヒカル鶴の仮面』を「すばる」一月号に発表。『聖女伝説』を「批評空間」四月号から連載開始（一九九六年四月号完結）。エッセイ『モンガマエのツェランとわたし』を「現代詩手帖」五月号に発表。五月、ハンブルク市よりレッシング奨励賞が贈られる。短篇連作『きつね月』を「大航海」一二月号から連載開始（一九九七年一〇月号完結）。『犬婿入り』『かかとを失くして』『隅田川の皺男』のペルトナーの独語訳『Tintenfisch auf Reisen』（旅のイカ）刊。

一九九五年（平成七年）　三五歳

『無精卵』を「群像」一月号に、『ゴットハルト鉄道』を同誌一一月号に発表。後者は川端康成文学賞の候補になる。四月、ヴォルフェンビュッテル市のアカデミーで開かれた作家集会に招待される。以後、九年間に亘って参加し、ペーター・ウォーターハウスら様々な作家と知り合う。『雲を拾う女』を「新潮」一〇月号に発表。一一月、ゲーテ・インスティトゥートの招待でニューヨークに一週間滞在。初めてのアメリカ訪問となる。

一九九六年（平成八年）　三六歳

二月、バイエルン州芸術アカデミーからシャミッソー賞を日本人で初めて受賞。この賞はドイツ語圏以外の出身の作家によるドイツ語での文学活動に贈られる。五月、『ゴットハルト鉄道』（講談社）刊、女流文学賞の候補になる。訳編『ドイツ語圏の現役詩人たち』を「現代詩手帖」九月号から連載開始（一九九七年九月号完結）。ドイツでは作品集『Talisman』（魔除け）刊行。

一九九七年（平成九年）　三七歳

『チャンティエン橋の手前で』を「群像」二月号に発表。八月～一〇月、カリフォルニアにあるユダヤ系亡命作家リオン・フォイヒトヴァンガーの旧宅にライター・イン・レジデンスで招かれる。『ニーダーザクセン物語』（単行本刊行時に『ふたくちおとこ』と改題）を「文藝」秋季号より連載開始（一九九八年夏季号完結）。一〇月～一一月、『無精卵』をもとにドイツ語で書いた戯曲『Wie der Wind im Ei』（卵の中の風のように）がグラーツとベルリンで上演され、朗読者として出演する。一一月、ベルリン芸術アカデミーのラジオドラマ週間に『Orpheus oder Izanagi』（オルフォイスあるいはイザナギ）で参加。この年、詩文集『Aber die Mandarinen müssen heute abend noch geraubt werden』（でもみかんを盗むのは今夜でないといけない）刊行。

一九九八年（平成一〇年）　三八歳

長篇小説『飛魂』を「群像」一月号に発表。一月～二月、チュービンゲン大学で詩学講座を担当。講義内容は『Verwandlungen』（変身）に収められる。日独二ヵ国語の戯曲『Till』（ティル）が劇団らせん舘とハノーファー演劇工房によって、四月にハノーファーで、一一月に東京等で上演される。エッセイ『ラビと二十七個の点』を「新潮」九月号に発表。この年、戯曲集『Orpheus oder Izanagi/Till』が刊行されたほか、翻訳では、『犬婿入り』『かかとを失くして』『ゴットハルト鉄道』の英訳『The Bridegroom was a Dog』（マーガレット満谷訳、講談社インターナショナル）刊。

一九九九年（平成一一年）　三九歳

『枕木』を「新潮」一月号に発表。一月〜五月、マサチューセッツ工科大学にライター・イン・レジデンスで招待される。五月、日本での第一エッセイ集『カタコトのうわごと』（青土社）刊。八月、ワイマール市で開かれたゲーテ生誕二五〇年祭で「世界文学」という概念に関するパネル・ディスカッションに参加。八月〜九月、ハンブルク・マルセイユ姉妹都市交流でマルセイユに滞在。

二〇〇〇年（平成一二年）　四〇歳

一月、ベルリンの日独文化センターでジャズピアニスト高瀬アキと初めての公演。以後、高瀬と組んで朗読と音楽の共演を続け、日本、ドイツ、その他ヨーロッパ各地、アメリカ等で公演する。三月、ドイツの永住権取得。同月、短篇集『ヒナギクのお茶の場合』（新潮社）刊。長篇小説『Opium für Ovid』（オウィディウスのためのオピウム）が刊行され、その日本語版『変身のためのオピウム』を「群像」七月号より連載開始（二〇〇一年六月号完結）。八月、高瀬と下北沢アレイホールで公演。初の日本公演となる。同月、短篇集『光とゼラチンのライプチッヒ』（講談社）刊。戯曲『サンチョ・パンサ』を「すばる」一〇月号に発表。一一月、『ヒナギクのお茶の場合』で第二八回泉鏡花文学賞受賞。この年、博士論文『Spielzeug und Sprachmagie in der europäischen Literatur』(ヨーロッパ文学における玩具と言語魔術)が刊行される。これによりチューリッヒ大学(一九九八年までヴァイゲルが所属)で博士号を取得。またこの年から二年間文藝賞の選考委員をつとめる。

二〇〇一年(平成一三年) 四一歳

『容疑者の夜行列車』を「ユリイカ」一月号から連載開始(一二月号完結)。一月、イタリアのサレルノ大学に、二月〜三月、ダブリン大学に招かれ、朗読会やワークショップを行う。三月、モスクワでの日露作家会議に出席。同月、ゲーテ・インスティトゥートの招きでソウルを訪問。四月、仏語訳作品集『Narrateurs sans âmes』(魂のない語り手、ベルナール・バヌン訳、ヴェルディエ社)刊。六月〜八月、バーゼルの文学館の招待で同市に滞在。九月、北京での日中女性文学シンポジウムに出席。一〇月、『変身のためのオピウム』(講談社)刊。

二〇〇二年(平成一四年) 四二歳

長篇小説『球形時間』を「新潮」三月号に、エッセイ『多言語の網』を「図書」四月号に発表。七月、『容疑者の夜行列車』(青土社)刊。一〇月、『球形時間』(新潮社)で第一二回Bunkamuraドゥマゴ文学賞受賞。一一月、セネガルのダカール市で開かれたシンポジウムに参加し、母語の外に出た状態をさす「エクソフォニー」という言葉と出会う。同月、ベルリンで行われたクライスト学会に出席。この時の発表は年鑑『Kleist-Jahrbuch 2003』に収録された。一二月、チュービンゲン大学で初めて自由創作のワークショップを行う。この年、翻訳、舌などのドイツ語が隠れた題名の作品集『Überseezungen』を刊行したほか、高瀬との共演がCD化

（「diagonal」コンクルスブーフ社）される。翻訳では『Opium für Ovid』の仏語訳『Opium pour Ovide』（バヌン訳、ヴェルディエ社）、英訳作品集『Where Europe begins』（スーザン・ベルノフスキー他訳、ニュー・ディレクションズ社）刊。

二〇〇三年（平成一五年）　四三歳

一月、Bunkamuraドゥマゴ文学賞の副賞としてパリのドゥマゴ文学賞授賞式に参加。四月、アメリカを訪れる。コロンビア大学等で朗読と講演。六月、『容疑者の夜行列車』で第一四回伊藤整文学賞を受賞。八月、エッセイ集『エクソフォニー』（岩波書店）刊。一〇月、『容疑者の夜行列車』で第三九回谷崎潤一郎賞を受賞。翻訳では『Das Bad』のイタリア語訳『Il bagno』（ペローネ・カパーノ訳、リポステス社）刊行。

二〇〇四年（平成一六年）　四四歳

この年で日本での在住期間とドイツでの在住期間が同じ二二年になる。群像新人文学賞の選考委員を務める（二〇〇八年度まで）。長篇小説『旅をする裸の眼』を「群像」二月号に発表。ドイツでは同作と並行して執筆された『Das nackte Auge』（裸の眼）を刊行。二月～三月、ケンタッキー大学のライター・イン・レジデンスとして招待される。期間中、同大学日本学科の主催で多和田文学をめぐるシンポジウムが開かれる。九月、チェーホフ東京国際フェスティバルにシンポジウムのパネリストとして参加。一一月、ドイツ文学基金の招待でライター・イン・レジデンスとしてニューヨークに滞在（二〇〇五年一月末まで）。一二月、「ユリイカ」増刊号で「総特集多和田葉子」が組まれ、『非道の大陸』の『第一輪　スラムポエットリー』を発表。同月、『旅をする裸の眼』（講談社）を刊行する。

二〇〇五年（平成一七年）　四五歳

三月、ゲーテ・メダル受賞。「現代詩手帖」

六月号より連載詩『傘の死体とわたしの妻』を発表（〜同年一一月号、二〇〇六年一月号〜七月号）。七月、スペインのカネット・デ・マール繊維大学で多和田葉子国際ワークショップが開催される。九月、『容疑者の夜行列車』の仏語訳『Train de nuit avec suspects』（バヌン訳、ヴェルディエ社）刊行。一一月、日独現代作家の朗読と討論の会「出版都市TOKYO」にドイツ側の作家として参加。書き下ろしの小説『シュプレー川のほとりで』を「DeLi」一一月号に発表。

二〇〇六年（平成一八年）　四六歳

短篇『時差』を「新潮」一月号に発表。一月七日から「日本経済新聞」朝刊にエッセイ『溶ける街　透ける路』の連載を開始（一二月三〇日まで）。二月、アメリカに滞在し、アリゾナ大学、ワシントン大学（シアトル）、エリオット・ベイ書店で朗読会。同月、戯曲『Pulverschrift Berlin』（粉文字ベルリン）がらせん館によりベルリンで初演。三月、ベルリンに転居。四月〜六月、ボルドーに滞在。『最終輪　とげと砂の道』を「ユリイカ」八月号に発表して『非道の大陸』の連載完結。『レシート』を「新潮」九月号に発表。一〇月、ノルウェーのトロムソの文学祭に参加。同月、『傘の死体とわたしの妻』（思潮社）を刊行。一一月、作品集『海に落とした名前』（新潮社）、連載に書き下ろしの最終章を加えた『アメリカ　非道の大陸』（青土社）を、それぞれ刊行。

二〇〇七年（平成一九年）　四七歳

三月、多和田葉子国際ワークショップが早稲田大学で開催される。同月、作品集『Sprachpolizei und Spielpolyglotte』（言語警察と多言語遊戯人）刊行。在日朝鮮人作家・徐京植との往復書簡『ソウル―ベルリン玉突き書簡』が「世界」四月号から連載（二〇〇八年一月号まで）。「現代詩手帖」五月号が「特集　多和田葉子　物語からの跳躍」を組む。九月、多和田文学をめぐる国際論集『Yōko Tawada: Voices from Everywhere』（ダグ・スレイメイカー編、レキシントン・ブックス社）がアメリカで刊行。

二〇〇八年（平成二〇年）　四八歳

短篇『使者』を「新潮」一月号に発表。三月～四月、セントルイスのワシントン大学にライター・イン・レジデンスで滞在。四月、カリフォルニア大学バークレー校で言語的越境作家とコスモポリタンの想像をテーマにした朗読会とシンポジウムに参加。同月、『犬婿入り』が東京で舞台化。六月末～七月、ストックホルムで開かれた作家と翻訳家の会議に出席。八月、ハノーファーのプロジェクトでヴァルスローデの修道院に滞在。九月、フィンランドに朗読旅行。同月、『Schwager in Bordeaux』（『ボルドーの義兄』ドイツ語版）刊行。

二〇〇九年（平成二一年）　四九歳

長篇『ボルドーの義兄』を「群像」一月号に、短篇『おと・どけ・もの』を「文學界」一月号にそれぞれ発表。二月にスタンフォード大学、三月から四月にかけてコーネル大学に滞在。四月、リンツでハンガリー人作家ラスロー・マルトンと朗読会。五月、トゥール大学で多和田葉子の国際コロキウム開催。同月、『飛魂』のポーランド語訳『Fruwajaca dusza』（バーバラ・スロムカ訳、ヴィダニットファ・カラクテア社）、『旅をする裸の眼』の英訳『The naked eye』（ベルノフスキー訳、ニュー・ディレクションズ社）刊。七月、横浜開港一五〇周年記念企画のパフォーマンス「横浜発—鏡像」を高瀬アキと行う。八月、『ボルドーの義兄』の仏語訳『Le voyage à Bordeaux』（バヌン訳、ヴェルディエ社）刊。一一月、第二回早稲田大学坪内逍遙大賞受賞。同月、トルコ系ドイツ語作家エミーネ・エッダマらと名古屋市立大学の国際シンポジウムに参加。

二〇一〇年（平成二二年）五〇歳

短篇『てんてんはんそく』を「文學界」二月号に発表。三月～四月、アメリカに滞在し、ミネソタ大学、ブラウン大学等で講義、朗読会、ワークショップを行う。四月～六月、ドイツ、スイス、スウェーデン、フランス、日本で朗読や講義。七月、イギリス・イーストアングリア大学の文芸作品の翻訳に関するワークショップに招かれる。八月、国際論集『Yoko Tawada : Poetik der Transformation』（クリスティーネ・イヴァノヴィッチ編、シュタウフェンベルク社）刊行。『祖母の退化論―雪の練習生（第一部）』を「新潮」一〇月号に発表。以後、第二部『死の接吻』（一一月号）、第三部『北極を想う日』（一二月号）を同誌に発表し、『雪の練習生』完結。一一月、戯曲『さくらの その にっぽん』がイスラエルのルティ・カネルの演出により東京で初演。同月、詩集『Abenteuer der deutschen Grammatik』（ドイツ語の文法の冒険）刊行。

二〇一一年（平成二三年）五一歳

『雲をつかむ話』を「群像」一月号より連載開始（二〇一二年一月号まで）。二月、書き下ろしの戯曲『カフカ開国』がらせん館によりベルリンで上演される。三月、ミュンヘンでシャミッソー賞受賞作家の催しに参加。六月、ハンブルクで詩学講座を行う。多和田文学に関するシンポジウムも併せて開かれる。七月、雑誌「TEXT + KRITIK」で多和田特集が組まれる。九月、初めてオーストラリアを訪れ、メルボルン大学やモナシュ大学等で朗読会。同月、東京大学で集中ゼミを担当。一一月、『尼僧とキューピッドの弓』（講談社）で第二一回紫式部文学賞受賞。一二月、『雪の練習生』（新潮社）で第六四回野間文芸賞受賞。

二〇一二年（平成二四年）　五二歳
一月、出演した映画「Unter Schnee」（雪の下で、ウルリケ・オッティンガー監督）がベルリンで上演される。短篇『鼻の虫』を「文學界」二月号に発表。三月、ソルボンヌ大学に滞在。滞在中に開催されたパリ書籍見本市で東日本大震災一年後の日本は特別招待国となり、大江健三郎、島田雅彦らと共に招かれる。四月、ミンスクで朗読会。六月、ゲッティンゲンで多和田文学の多言語性とメディア性をテーマにシンポジウムが開かれる。七月、ミドルベリー大学にライター・イン・レジデンスで滞在。同月、二〇一一年にハンブルクで行われた詩学講座とシンポジウムをまとめた『Yoko Tawada：Fremde Wasser』（オルトルート・グートヤール編）刊行。八月末から九月にかけて中国を訪れ、清華大学、東北師範大学、吉林大学、北京の国際ブックフェア等で朗読会やシンポジウムに参加。九月、『雪の練習生』の中国語訳『雪的练习生』（田肖霞訳、吉林文史出版社）が刊行される。一〇月、パリやシュトゥットガルトで朗読会。一一月、香港のゲーテ・インスティトゥート主催セミナーと朗読会に参加。同月、東京、新潟等で高瀬アキとパフォーマンスを行う。

二〇一三年（平成二五年）　五三歳
一月、『容疑者の夜行列車』の中国語訳『嫌疑犯的夜行列车』（田肖霞訳、吉林文史出版社）刊行。『雲をつかむ話』で、二月に第六四回読売文学賞、三月に平成二四年度芸術選奨文部科学大臣賞を受賞。二月、東京大学でロシア文学者の沼野充義と対談。三月、初の戯曲集『Mein kleiner Zeh war ein Wort』（私の小指は言葉だった）がドイツで刊行される。二月から三月、渡米し、フロリダ州立大学等で朗読会やシンポジウムに参加。四月、フランスの国境フェスティバルやベネチアの国際文学祭に参加。八月、戯曲『動物たちのバベル』(「すばる」八月号)が、イスラエルのモニ・ヨセフが提唱する国際バベル・プロジェクトのアジア・バージョンとしてシアターXで上演される。同月、芦屋市谷崎潤一郎記念館で講演。この時、らせん館によって戯曲『夕陽の昇るとき』が上演される。同月、エアランゲン文学賞を受賞。九月、ウクライナの国際詩人祭に参加。同月、デュッセルドルフで高瀬アキとパフォーマンス。一一月、名古屋市立大学でドイツ語圏越境作家のシンポジウムに参加。同月、早稲田大学やシアターXで高瀬アキとパフォーマンス。一二月、『言葉と歩く日記』(岩波書店)刊行。

二〇一四年(平成二六年) 五四歳

一月、クラクフで朗読会等に参加する。『韋駄天どこまでも』を「群像」二月号に発表。『ミス転換の不思議な赤』を「文學界」、『白熊の願いとわたしの翻訳覚え書き』を「新潮」の各三月号に発表。二月から三月、詩と写真の展覧会「"Out of Sight." 多和田葉子、デルフィーヌ・パロディ=ナガオカ二人展」がベルリン日独センターで開催される。三月、スウェーデンの国際文学祭に参加。四月、ミシガン大学で開催された国際シンポジウム「Sōseki's Diversity」で基調講演を行う。五月、フランクフルトの文学祭で作曲家イザベル・ムンドリーと対談。六月、ヴォルフェンビュッテルのレッシングハウスで朗読会。短篇小説『カント通り』を「新潮」六月号に発表。これ以後、ベルリンの通りをタイトルに据えた連作を同誌に三ヵ月ごとに発表(~二〇一六年一〇月号まで)。七月、ドイツのジュルト島の「海辺のアカデミー」で朗読会。長篇小説『献灯使』を「群像」八月号に発表。九月、パリで開催された国際シンポジウム「川端康成二一世紀再読」で記念基調講演を行う。同月、ソウルの国際詩人祭に参加。エッセイ『カラダだからコトの葉っぱ吸って』を「すばる」九月号に発表。一一月、横浜で小森陽一と福島第一原発事故後の言葉について対談。一二月、インドのヴァドーダラー、プネー、ムンバイで朗読会とワークショップ。この年より群像新人文学賞、野間文芸賞の選考委員を務める。

二〇一五年（平成二七年）　五五歳

一月、ベルリンの自然史博物館で白熊のクヌートの剝製の前で朗読会。ロバート・キャンベルとの対談「やがて〝希望〟は戻る―旅立つ『献灯使』たち」が「群像」一月号に掲載される。二月から三月にかけて、ニューヨーク大学の現代詩学講座でドイツ学術交流会特別教授を務める。アメリカ滞在中、ハーバード大学、コネチカット大学、コーネル大学、コロラド大学で講演やパフォーマンスを行う。四月、台湾の淡江大学で講演会と『不死の島』をめぐる座談会。五月、ウィーン大学で朗読会、ワークショップ。前年の川端康成シンポジウムでの講演「雪の中で踊るたんぽぽ」を「文学」五・六月号に発表。カフカの新訳『変身（かわりみ）』を「すばる」五月号に発表。八月、神田外語大学で開かれた国際中欧・東欧研究協議会第九回世界大会記念特別企画・国際シンポジウム「スラヴ文学は国境を越えて」で討論者を務める。九月、コペンハーゲンの国際詩人祭に参加。一〇月、アテネのフェスティバル「（ポスト）ヨーロッパへの恋文」に参加。同月、『変身』等の訳を収める新訳集『カフカ』（集英社）を編纂して刊行。一一月、国際文化会館で「母語の内へ、外へ」のテーマで川上未映子と対談。同月、野間宏生誕百年記念フェスティバルのシンポジウムに参加。同月、香港の国際詩人祭に参加。一二月、ヴィアドリナ欧州大学、ハンブルク大学で朗読会。

二〇一六年（平成二八年）　五六歳

一月、インドの文学祭に参加。リービ英雄との対談「危機の時代と『言葉の病』」が「世界」一月号に掲載される。三月、アメリカに滞在。シカゴ大学、スタンフォード大学、カリフォルニア大学で朗読会やパフォーマンス。鴻巣友季子との対談「手さぐりで言葉と取り組む」が「すばる」三月号に掲載される。『ヘンゼルとグレーテル』を「群像」五月号の特集「絵本グリム童話」に発表（絵・牧野千穂）。四月、名古屋、京都で朗読会。五月、フランスのナンシー、ランスで朗読会。七月、ヨハネス・グーテンベルク大学でワークショップと公開講義。八月、ベルリンで高瀬アキと共演。九月、城西大学国際現代詩センターのシンポジウム、東京大学で開催された国際シンポジウム「日本という壁」で特別講演。一〇月、パリ、ボルドー、アルルで『Etüden im Schnee』の仏語訳（ベルナール・バヌン訳）刊行記念の催し。一一月、さいたまトリエンナーレ二〇一六に招聘され、文学インスタレーションや朗読パフォーマンスを行う。同月、クライスト賞を受賞。授賞式はベルリナー・アンサンブル劇場で開催された。詩の連載『シュタイネ』を「ユリイカ」一一月号より開始（二〇一七年八月号まで）。一二月、ニューヨークの文学フェスティバル「ヨーロッパからの新しい文学」に参加。長篇小説『地球にちりばめられて』を「群像」一二月号から連載開始（二〇一七年九月号まで）。この年、『Etüden im Schnee』の英訳（スーザン・ベルノフスキー訳）が刊行される。都留文科大学の特任教授に就任。

二〇一七年（平成二九年）五七歳

一月、「日本経済新聞」夕刊コラム「プロムナード」月曜欄を担当（同年六月まで）。二月、チューリッヒで多和田の散文詩の朗読と管弦楽と笙の演奏の共演。同月、ドイツ学術交流会のライター・イン・レジデンスでオクスフォード大学に滞在。三月、香港城市大学でワークショップ。四月、東京で松永美穂と『百年の散歩』（新潮社）刊行記念の対談「街を歩くと、物語が立ちあがる」。同月、台湾の淡江大学、輔仁大学、文藻外語大学で朗読会、台湾の国立政治大学、国立台湾文学館で開かれた台湾・日本・韓国の現代作家シンポジウムに参加。五月、ドレスデンのドイツ衛生博物館で講演。同月より、「朝日新聞」でコラム「ベルリン通信」を随時掲載。同月、「早稲田文学」初夏号で「小特集　ドイツにおける多和田葉子」が組まれる。堀江敏幸との対談「ベルリンの奇異茶店から世界へ」が「新潮」七月号に掲載される。七月、ジュルト島の「海辺のアカデミー」で詩学講座を担当。同月、戯曲『Ein Schmetterling fliegt übers Meer』（蝶が海を渡る）がらせん館によってベルリンで上演される。八月、都留文科大学で国際文学祭「つるの音がえし」を企画し、田原《ティエン・ユアン》、ジェフリー・アングルスと鼎談。同月、福島県立図書館で和合亮一、開沼博と鼎談。「群像」に連載した『地球にちりばめられて』が九月号で完結。室井光広との対談「言葉そのものがつくる世界」が「現代詩手帖」九月号に掲載される。『言葉のチェーホフ』が「悲劇喜劇」一一月号に掲載される。一一月、マヤコフスキーをテーマに高瀬アキとともにシアターX等でパフォーマンス。同月、『雪の練習生』の英訳『Memoirs of a Polar Bear』（スーザン・ベルノフスキー訳）がWarwick Prize for Women in Translation（イギリス・ワーウィック大学主催）を受賞。一二月、『再読　後藤明生　小説『街頭』』が後藤明生『壁の中』（新装愛蔵版、つかだま書房）に掲載される。

二〇一八年（平成三〇年）　五八歳

『文通』を「文學界」、『ヤジロベイの対話』

を「すばる」の各一月号に発表。沼野充義との対談「言語を旅する移民作家」が「新潮」一月号に掲載される。一月、チューリヒ応用科学大学でイルマ・ラクーザ、マルトン・ラースローと鼎談。同月、ドイツのラインラント＝プファルツ州の文化賞カール・ツックマイヤー・メダルを受賞。同月、ケルンの文学祭「Poetica」第四回で芸術監督を務める。二月～三月、オランダに滞在し、ライデン大学やユトレヒト大学等で朗読会。三月、アメリカ滞在。カリフォルニア大学ロサンゼルス校で管啓次郎、マット・ファーゴと朗読会（モデレーター：マイケル・エメリック）。アメリカ比較文学会（ACLA）で多和田文学をテーマにしたセッションが組まれる（座長：ダグ・スレイメイカー、管啓次郎）。四月、ゲーテ・インスティトゥート東京や東京外国語大学等でイルマ・ラクーザと朗読会。同月、『献灯使』の英訳『The Emissary』（マーガレット満谷訳、ニュー・ディレクションズ社）刊（六月にイギリスで『The Last Children of Tokyo』のタイトルでグランタ・ブックス社より刊行）。五月、イタリアのトレント映画祭でジョルジョ・アミトラーノ、和田忠彦と鼎談。六月、ノルウェー・リレハンメルの文学祭に参加。同月、チュービンゲンのキショ書店でペーター・ペルトナーと対談。同月、「DAS WASSER SCHREIBEN」（水を書く）というテーマのプロジェクトでベルリンの学校を訪れ、生徒とともに文学のワークショップを行う。七月、フィリピンを訪れ、フィリピン大学等で朗読会。同月、東京の紀伊國屋書店新宿本店で『地球にちりばめられて』（講談社）刊行記念で岩川ありさと対談「終わりのない旅の始まり」。同月、ハーバード大学世界文学研究所夏期集中セミナー東大セッション二〇一八で特別講演（モデレーター：ダグ・スレイメイカー）。デンマークのルイジアナ文学祭に参加。九月、カナダを訪れ、ビクトリア大学やトロント日本文化センターで朗読会。一〇月、『穴あきエフの初恋祭り』（文藝春秋）を刊行。同月、国際交流基金賞を受賞。同月、『献灯使』のドイツ語訳『Sendbo-o-te』（ペーター・ペルトナー訳、コンクルスブーフ社）刊。一一月、シンガポールの国際文学祭に参加。同月、戯曲『動物たちのバベル』が国立市で市民劇として上演される（演出・川口智子）。同月、ジョン・ケージをテーマに高瀬アキとともにシアターX等でパフォーマンス。同月、『The Emissary』が全米図書賞の第六九回翻訳書部門を受賞。一二月、イタリア・トリエステのレヴォルテッラ美術館で朗読会。同月、ベルリンのランバツァンバ劇場で開催された第四回「ハイ・フリークス」に出演。

二〇一九年（平成三一年・令和元年）　五九歳

『星に仄めかされて』を「群像」一月号より連載開始（〜一〇月号）。エッセイ『沈黙のほころびる時』を「新潮」一月号に発表。リービ英雄との対談「越境とエクソフォニーのいま」が「すばる」、温又柔との対談「「移民」は日本語文学をどう変えるか?」が「文學界」各一月号に掲載。一月、パリ国際大学都市で高瀬アキとパフォーマンス。二月、パリのパラネーズ書店でアガタ・トゥチンスカと対談。三月、『犬婿入り』がミャンマー語に翻訳され（ニャン・テッ訳）、刊行イベントに参加するためミャンマーを訪問し、ヤンゴンブックプラザで講演。同月、タイのクイーンシリキット国際会議場でプラープダー・ユンと言語と文化の間をテーマに対談。四月、講談社主催のトークイベント「文学の夕べ　危機の時代、文学の言葉」に古井由吉、佐伯一麦、松浦寿輝とともに登壇。同月、レイキャビクの国際文学祭に参加。同月、エレナ・メンドーザとマティアス・レーブシュトックの共同制作による「Der Fall Babel」でBiskoop der Nacht』が演劇化され、SWR放送局で生中継される。同月より「日本経済新聞」の「NIKKEI The STYLE」欄を担当(〜二〇二〇年三月)。五月、ブラウン大学で開かれた「多和田葉子との対話—多言語パフォーマンスといつも遅れてくる電車」に参加。同月、トリア大学で詩学講座「比喩の森とつかの間の夕べ」を担当。六月、バート・ホンブルクのシンクレア・ハウス美術館で『Überseezungen』についてビアンカ・シュバルツと対話。同月、マインツの科学・文学アカデミーの催しに参加。「ヨーロッパ二〇三〇」をテーマにしたシンポジウムにアンドレアス・バーナー、ウド・ディ・ファビオ、ビショフ・オーファーベックらと登壇。七月、ハイデルベルク大学、チュービンゲン書籍祭、シュトゥットガルト文学館で『Sendbo-o-te』の朗読会。九月、ハンブルク文学センターでザッシャ・ラウとともに『Sendbo-o-te』の朗読会。同月、『Etüden im Schnee』のウクライナ語訳(アンナ・サフチェンコ他訳)が刊行されたウクライナを訪問。ゲーテ・インスティトゥート・ウクライナ等で朗読会。一〇月、ユトレヒト大学にライター・イン・レジデンスで滞在。同月、ベルリンの世界文化の家でウルリケ・オッティンガー、ヘンリケ・ナウマンと対話。同月、『雪の練習生』のポルトガル語訳(ルシア・コリスコーン他訳、トダヴィア社)が刊行されたブラジルを訪問。サンパウロ日本文化センター、ゲーテ・インスティトゥート・ポルト・アレグレ等で講演会や読書会。『消える消えた』を「新潮」一一月号に発表(以後、同誌「Passage——街の気分と思考」欄に四ヵ月ごとに寄稿)。一一月、ヨーロッパ文芸フェスティバルでイタリア語作家のヘレナ・ヤネチェクと対談「母国語の多様性」。同月、熊本のDenkikanでリヴィア・モネ、伊藤比呂美と鼎談「いま石牟礼道子をよむ」に参加。同月、シアターXや早稲田大学で高瀬アキとパフォーマンス。同月、くにたち市民芸術小ホールで『夜ヒカル鶴の仮面』『オルフォイスあるいはイザナギ』のリーディング公演でアフタートークに参加。同月、ゲーテ・インスティトゥート東京で朗読会。同月、詩集『まだ未来』（ゆめある舎）刊行。一二月、ウィーンの国際文化研究センターで「表面翻訳」をテーマに講演。同月、ボローニャ大学で講演会。同月、『Etüden im Schnee』のトルコ語訳（ツェーラ・クルテキン訳、シライエンアー社）が前年に刊行されたトルコを訪問。ゲーテ・インスティトゥート・イズミールで講演会、イズミール経済大学でクルテキンと対談。

二〇二〇年（令和二年）　六〇歳

「群像」一月号に『わたし舟』、「三田文学」冬季号に室井光広への追悼文『海に向かえ山に向かえ言葉に向かえ』を発表。一月、フランクフルト文学館で開かれた「文学の日」に参加。同月、二〇一九年度朝日賞受賞。二月、映画監督ウルリケ・オッティンガーが特別功労賞を受賞したベルリン国際映画祭に出席。『港町で砂漠を思う』を「新潮」三月号に発表。三月、ニューヨークのマクナリー・ジャクソン・ブックスでベティーナ・ブラントと朗読、ハリ・クンズルとの対話。アメリカからドイツに戻って以降、新型コロナウイルス感染症の世界的拡大の影響で、日本、ドイツ、デンマーク等で予定されていた催しが中止、延期される。四月、「毎日新聞」に「試される民主主義 新型コロナ危機とドイツ社会」を寄稿。同月、「読売新聞」夕刊で「ベルリン　四季の詩」の寄稿（三ヵ月ごと）が始まる。「鼎談 世界文学としての石牟礼道子」が「文學界」五月号に掲載される。五月、NHKの「ニュースウオッチ9」でテレビ会議システムを利用したインタビューが放送される。同月、『星に仄めかされて』（講談社）刊行。「群像」六月号で「小特集　多和田葉子」が組まれる。新型コロナウイルス感染症のパンデミックにより移動の制限が続き、オンラインの催しへの参加が増える。ベルリン文学ハウスでコロナ時代の文化をテーマにした催しが開かれ、劇作家のカトリン・レグラ、詩人のアスムズ・トラウチュ、社会学者のアルミン・ナセヒらとともに参加する（オンライン開催）。六月、ベルリンのブレヒトハウスでコロナ後の執筆をテーマに作家が語り合う催しが開かれ、カトリン・レグラ、ユリア・ショッホ、ダーヴィット・ヴァーグナーとともに参加。同月、ベルリン自由大学内のメキシコ研究センターで『Das nackte Auge』のスペイン語訳（『El Ojo Desnudo』、エマ・フリエッタ・バレイロ訳）に関する催しが開かれ、朗読を行う（オンライン開催）。同月、ケムニッツ工科大学教授のベルナデット・マリノフスキーと対談（オンライン開催）。「中央公論」七月号の特集「コロナ・文明・日本」に『不安への答え』が掲載される。七月、『ドイツの事情』が掲載された岩波新書『コロナ後の世界を生きる』が刊行される。八月、アメリカペンクラブ、ニューヨーク市立大学、ニューヨーク公共図書館の主催による翻訳出版をめぐる催しに、翻訳家のマーガレット満谷とスーザン・ベルノフスキー、ニュー・ディレクションズ社のバーバラ・エプラーとジェフリー・ヤン、作家のリブカ・ガルチェンとともに参加（オンライン開催）。モデレーターはミドルベリー大学教授で日本文学研究者、翻訳家のスティーブン・スナイダー。九月、三島由紀夫賞の選考委員に就任。一〇月、『Paul Celan und der chinesische Engel』をコンクルスブーフ社から刊行。同月、修士論文の日本語訳（谷川道子監訳）やエッセイ『わたしが修論を書いた頃』が収録された『多和田葉子／ハイナー・ミュラー 演劇表象の現場』が東京外国語大学出版会から刊行される。同月、公益財団法人文字・活字文化推進機構、日本経済新聞社の主催で「ウィズコロナを生きる 読書から学ぶ知恵」をテーマに池澤夏樹とオンラインで対談。同月、国際シンポジウム「朝日地球会議2020」（朝日新聞社主催、オンライン開催）で「コロナ危機と文化」をテーマに生命誌研究者の中村桂子と対談。同月、シンポジウム「翻訳から〈世界文学〉の創造へ―生誕100年パウル・ツェランを手がかりにして」（明治大学関口裕昭研究室主催、オンライン開催）に参加し、『Paul Celan und der chinesische Engel』に関する講演と朗読を行う。一一月、紫綬褒章を受章。同月、毎年恒例の高瀬アキとのパフォーマンスは、シアターXでの公演は中止され、早稲田大学では「シュールとリアル」をテーマにオンラインで開催された。同月、パウル・ツェラン生誕一〇〇年を記念するプロジェクト「Paul-Celan-Literaturtage 2020」の一環で朗読会が開かれる（オンライン開催）。

二〇二一年（令和三年） 六一歳

「新潮」一月号に短篇小説『喇叭《ラッパ》吹きのララ』を発表。一月、エッセイ『多声社会としての舞台』を寄稿した『多和田葉子の〈演劇〉を読む』が論創社から刊行される。「文學界」二月号に短篇小説『陰謀説と天狗熱』を発表。二月、アイスランドのジャパン・フェスティバルでマーガレット満谷と対談（オンライン開催、モデレーターはアイスランド大学助教のクリスティン・インヴァルスドッティル）。同月、ドイツのバーデン゠ヴュルテンベルク州のハイマート・ハウスの主催で、作家でジャーナリストのイレーネ・フェルヒルと『Paul Celan und der chinesische Engel』について対談（オンライン開催）。同月、国際交流基金の翻訳家座談会で『献灯使』が取り上げられ、トルコ語訳翻訳者ヒュセイン・ジャン・エルキン、ノルウェー語訳翻訳者タラ・石塚・ハッセル、タイ語訳翻訳者ムティター・パーニッチ、ドイツ語訳翻訳者ペーター・ペルトナー、英訳翻訳者マーガレット満谷とともに参加する（オンライン開催、モデレーターは松永美穂）。三月、ベルリン文学コロキウムで、詩人で翻訳家のアレクサンドル・ブルッチ、パウル・ツェランの研究家ダーフィト・ヴァヒターと対話（ポルトガルのレイリアの国際詩祭との共同開催）。四月、初の絵本となる『オオカミ県』が論創社から刊行される（絵・溝上幾久子）。同月、オンライン講座「閉ざされた世界、開かれた物語」（朝日カルチャーセンター主催）で小森陽一と『陰謀説と天狗熱』をめぐって対談。五月、谷川道子との対談「多和田葉子の〈世界劇場〉を遊ぶ」が「週刊読書人」五月七日号に掲載される。同月、東京外国語大学総合文化研究所の主催で『献灯使』の翻訳をテーマに開かれたワークショップと朗読会「海を越える『献灯使』翻訳のなかで声となる言葉たち」にマーガレット満谷とともに参加する（オンライン開催、モデレーターは同大教授の山口裕之）。

〈参考資料〉

多和田葉子「年譜」（『芥川賞全集16』平14・6 文藝春秋）

「多和田葉子自筆年譜」（「ユリイカ」36巻14号）

多和田葉子公式ウェブサイト
http://yokotawada.de

（谷口幸代編）

著書目録

多和田葉子

【単行本】

Nur da wo du bist da ist nichts あなたのいるところだけ何もない　昭62　Konkursbuchverlag

Das Bad　平元　Konkursbuchverlag

Wo Europa anfängt　平3　Konkursbuchverlag

三人関係　平4・3　講談社

Das Fremde aus der Dose　平4　Literaturverlag Droschl

犬婿入り　平5・2　講談社

アルファベットの傷口　平5・9　河出書房新社

Ein Gast　平5　Konkursbuchverlag

Die Kranichmaske, die bei Nacht strahlt　平5　Konkursbuchverlag

Tintenfisch auf Reisen　平6　Konkursbuchverlag

Tabula rasa　平6　Steffen Barth

ゴットハルト鉄道　平8・5　講談社

聖女伝説　平8・7　太田出版

Talisman　平8　Konkursbuchverlag

Aber die Mandarinen müssen heute abend noch geraubt werden	平9	Konkursbuchverlag
Wie der Wind im Ei	平9	Konkursbuchverlag
きつね月	平10・2	新書館
飛魂	平10・5	講談社
ふたくちおとこ	平10・10	河出書房新社
Orpheus oder Izanagi /Till	平10	Konkursbuchverlag
Verwandlungen（講義録）	平10	Konkursbuchverlag
カタコトのうわごと	平11・5	青土社
ヒナギクのお茶の場合	平12・3	新潮社
光とゼラチンのライプチッヒ	平12・8	講談社
Opium für Ovid	平12	Konkursbuchverlag
Spielzeug und Sprachmagie in der europäischen Literatur（博士論文）	平12	Konkursbuchverlag
変身のためのオピウム	平13・10	講談社
球形時間	平14・6	新潮社
容疑者の夜行列車	平14・7	青土社
Überseezungen	平14	Konkursbuchverlag
エクソフォニー	平15・8	岩波書店
旅をする裸の眼	平16・12	講談社
Das nackte Auge	平16	Konkursbuchverlag
Was ändert der Regen an unserem Leben? oder ein Libretto	平17	Konkursbuchverlag
傘の死体とわたしの妻	平18・10	思潮社

海に落とした名前　平18・11　新潮社

アメリカ　非道の大陸　平18・11　青土社

溶ける街　透ける路　平19・5　日本経済新聞社

Sprachpolizei und Spielpolyglotte　平19　Konkursbuchverlag

ソウル―ベルリン玉突き書簡＊　平20・4　岩波書店

Schwager in Bordeaux　平20　Konkursbuchverlag

ボルドーの義兄　平21・3　講談社

尼僧とキューピッドの弓　平22・7　講談社

Abenteuer der deutschen Grammatik　平22　Konkursbuchverlag

うろこもち *Das Bad*（新装版）　平22　Konkursbuchverlag

雪の練習生　平23・1　新潮社

雲をつかむ話　平24・4　講談社

Yoko Tawada: Fremde Wasser＊　平24　Konkursbuchverlag

言葉と歩く日記　平25・12　岩波書店

Mein kleiner Zeh war ein Wort　平25　Konkursbuchverlag

献灯使　平26・10　講談社

Etüden im Schnee　平26　Konkursbuchverlag

カフカ＊　平27・10　集英社

akzentfrei　平28　Konkursbuchverlag

Ein Balkonplatz für flüchtige Abende　平28　Konkursbuchverlag

百年の散歩　平29・3　新潮社

シュタイネ　平29・10　青土社

地球にちりばめられて　平30・4　講談社

穴あきエフの初恋祭り　平30・10　文藝春秋

まだ未来　令元・11　ゆめある舎
星に仄めかされて　令2・5　講談社
Paul Celan und der chinesische Engel　令2　Konkursbuchverlag
オオカミ県　令3・4　論創社

【文庫】

犬婿入り（解＝与那覇恵子）　平10・10　講談社文庫
文字移植（解＝陣野俊史）　平11・7　河出文庫
ゴットハルト鉄道（解＝室井光広　年・著＝谷口幸代）　平17・4　講談社文芸文庫
旅をする裸の眼（解＝中川成美）　平20・1　講談社文庫
エクソフォニー　母語の外へ出る旅（解＝リービ英雄）　平24・10　岩波現代文庫
飛魂（解＝沼野充義　年・著＝谷口幸代）　平24・11　講談社文芸文庫
尼僧とキューピッドの弓（解＝松永美穂）　平25・7　講談社文庫
雪の練習生（解＝佐々木敦）　平25・12　新潮文庫
かかとを失くして・三人関係・文字移植（解・年・著＝谷口幸代）　平26・4　講談社文芸文庫
聖女伝説（解＝福永信）　平28・3　ちくま文庫
献灯使（解＝ロバート・キャンベル）　平29・8　講談社文庫
変身のためのオピウム・球形時間（解＝阿部公彦　年・著＝谷口幸代）　平29・10　講談社文芸文庫
雲をつかむ話・ボルドーの義兄（解＝岩川ありさ　年・著＝谷口幸代）　平31・4　講談社文芸文庫

百年の散歩（解＝松永美穂）　令2・1　新潮文庫

ヒナギクのお茶の場合・海に落とした名前（解＝木村朗子　年・著＝谷口幸代）　令2・8　講談社文芸文庫

＊は共著を示す。【文庫】の（　）内の略号は、解＝解説、年＝年譜、著＝著書目録を示す。

（作成・谷口幸代）

【底本】
『溶ける街　透ける路』　日本経済新聞出版社　二〇〇七年五月刊

溶《と》ける街《まち》 透《す》ける路《みち》

多和田葉子《たわだようこ》

二〇二一年七月 九 日第一刷発行
二〇二四年三月一四日第三刷発行

発行者――森田浩章
発行所――株式会社 講談社
東京都文京区音羽2・12・21 〒112-8001
電話 編集（03）5395・3513
販売（03）5395・5817
業務（03）5395・3615

デザイン――菊地信義
印刷――株式会社KPSプロダクツ
製本――株式会社国宝社
本文データ制作――講談社デジタル製作

定価はカバーに表示してあります。

講談社
文芸文庫

ISBN978-4-06-524133-2

講談社文芸文庫

高見順	如何なる星の下に	坪内祐三—解／宮内淳子—年
高見順	死の淵より	井坂洋子—解／宮内淳子—年
高見順	わが胸の底のここには	荒川洋治—解／宮内淳子—年
高見沢潤子	兄 小林秀雄との対話 人生について	
武田泰淳	蝮のすえ｜「愛」のかたち	川西政明—解／立石 伯—案
武田泰淳	司馬遷—史記の世界	宮内 豊—解／古林 尚—年
武田泰淳	風媒花	山城むつみ—解／編集部—年
竹西寛子	贈答のうた	堀江敏幸—解／著者—年
太宰 治	男性作家が選ぶ太宰治	編集部—年
太宰 治	女性作家が選ぶ太宰治	
太宰 治	30代作家が選ぶ太宰治	編集部—年
田中英光	空吹く風｜暗黒天使と小悪魔｜愛と憎しみの傷に 田中英光デカダン作品集 道籏泰三編	道籏泰三—解／道籏泰三—年
谷崎潤一郎	金色の死 谷崎潤一郎大正期短篇集	清水良典—解／千葉俊二—年
種田山頭火	山頭火随筆集	村上 護—解／村上 護—年
田村隆一	腐敗性物質	平出 隆—人／建畠 晢—年
多和田葉子	ゴットハルト鉄道	室井光広—解／谷口幸代—年
多和田葉子	飛魂	沼野充義—解／谷口幸代—年
多和田葉子	かかとを失くして｜三人関係｜文字移植	谷口幸代—解／谷口幸代—年
多和田葉子	変身のためのオピウム｜球形時間	阿部公彦—解／谷口幸代—年
多和田葉子	雲をつかむ話｜ボルドーの義兄	岩川ありさ—解／谷口幸代—年
多和田葉子	ヒナギクのお茶の場合｜海に落とした名前	木村朗子—解／谷口幸代—年
多和田葉子	溶ける街 透ける路	鴻巣友季子—解／谷口幸代—年
近松秋江	黒髪｜別れたる妻に送る手紙	勝又 浩—解／柳沢孝子—案
塚本邦雄	定家百首｜雪月花(抄)	島内景二—解／島内景二—年
塚本邦雄	百句燦燦 現代俳諧頌	橋本 治—解／島内景二—年
塚本邦雄	王朝百首	橋本 治—解／島内景二—年
塚本邦雄	西行百首	島内景二—解／島内景二—年
塚本邦雄	秀吟百趣	島内景二—解
塚本邦雄	珠玉百歌仙	島内景二—解
塚本邦雄	新撰 小倉百人一首	島内景二—解
塚本邦雄	詞華美術館	島内景二—解
塚本邦雄	百花遊歴	島内景二—解

▶解=解説 案=作家案内 人=人と作品 年=年譜を示す。 2024年3月現在